HUMUS

Ou la poésie du Schmattes

Sabine Adler

HUMUS

Ou la poésie du Schmattes

Récit

© 2022 Sabine Adler
Édition : BoD – Books on Demand,
info@bod.fr
Impression : BoD – Books on Demand,
In de Tarpen 42, Norderstedt
(Allemagne)
Impression à la demande
ISBN : 978-2-3224-1348-5
Dépôt légal : mars 2022

Partie I

Lorsqu'on a deux ou trois personnes, que dis-je, lorsqu'on a une seule personne avec laquelle on peut se montrer faible, misérable, rabougri qui, pour autant ne vous fera pas souffrir, alors on est riche. L'indulgence, on ne peut l'exiger que de celui ou celle qui vous aime, mais jamais d'autres gens et surtout jamais de soi-même.
Milena Jesenka

Il m'a semblé très vite que tout cela n'était qu'une imposture , un bout de texte cousu de fil blanc qui s'apparentait à ce que mon père, comme tous les juifs du Sentier, appelait un « schmattes », un bout de chiffon . Mais c'est avec les bouts de chiffon que l'on confectionne les patchworks, qu'on recycle et redonne vie au vêtement défraichi. La trame de ce récit mêle nécessairement le vécu à l'imaginaire, la réalité au songe, mais ne saurait trahir l'expérience de la souffrance.

Car c'est bien le vécu qui m'habite, celui des humbles, des modestes, ces laboureurs qui retournent la terre dans le silence et s'étonnent de la clarté soudaine dans laquelle on veut les exposer. C'est aussi le vécu des humiliés, ceux qu'on a voulu écraser, mettre six pieds sous terre, ceux sur qui on a essuyé une main crottée comme marque d'un pouvoir usurpé, marque évidente et navrante d' inhumanité, ceux dont la silhouette s'est perdue dans les forêts de bouleaux .Et puis, il y a l'imagination, cette imagination paradoxalement étriquée et sans limites. J'étais enfant, de cet âge où on ose encore poser les questions avec ingénuité sans en mesurer l'onde de choc possible. De mon père à qui je demandais ce qu'on avait fait à ses parents et à sa sœur, je reçus cette réponse aussi directe que sans appel : « Ton imagination est trop petite pour concevoir ce qu'on leur a fait. » J'étais restée, bien sûr, sans voix, comprenant que j'avais touché là les frontières de possibles explications, comprenant aussi que l'indicible était synonyme d'insupportable : ne pas pouvoir nommer, c'est être condamné à garder une part d'éternelle souffrance. René Char, le lombric poétique, en ces temps de résistance où, pour vivre, il fallait tuer, livra cet aphorisme dans *Les feuillets d'Hypnos* : « L'homme est capable de faire ce qu'il est incapable d'imaginer ». C'était bien cela, une vérité lumineuse éclairant tragiquement la part abstruse de notre être. Evidemment, depuis ce jour, mon imagination n'a cessé d'imaginer.

*

Il est des mots qui nous intriguent, et le premier qui retint mon attention fut le verbe « humer ». J'étais toujours à cet âge où on pose en toute innocence les questions les plus graves, et lisais la série des « Heidi », que ma mère m'avait rapportée des magasins Gibert Jeune, commerce équitable de l'époque pour les affamés de lecture. Avant les bombardements qui rasèrent Berlin, ma mère avait connu des moments heureux dans la campagne est — allemande, suivant une scolarité et une vie familiale quelque peu chaotiques. Elle gardait un souvenir sensible de l'histoire de cette petite fille des alpages, et j'eus moi-même une lecture émue en découvrant *les chevrettes qui humaient l'herbe tendre*. Je pense sincèrement que ce verbe « humer » fut mon sésame littéraire : avec lui, c'était la perspective de nouveaux mondes qui se révéleraient à moi, sans que j'en saisisse nécessairement les contours ou le sens ; mais ces mondes étaient à

11

ma portée et je pourrais m'y arrimer. L'institutrice me gratifia d'une note plus qu'honorable pour ce qui fut ma première composition et qui devait ressembler à ce qu'on appelle communément une fiche de lecture : racontez un livre qui vous a plu. L'histoire des biquettes fouinant une herbe plus verte que verte me permit de clore honorablement une année médiocre, dans le sens premier du terme, c'est-à-dire moyenne. J'étais confortée dans mon goût pour les livres et passai dans la classe supérieure, où j'allais découvrir les termes dérivés de l'humus : l'humilité et l'humiliation.

*

Mes deux branches parentales étaient d'origine plus que modeste, et l'un des frères de mon père aimait à répéter : « On était plus pauvre que pauvre », et lorsqu'il décrivait ce que furent leurs conditions de vie durant et après la guerre, il agrémentait volontiers ses explications d'un « Même à ton chien, tu ne l'aurais pas donné à manger ! ». Il parlait bien sûr des cantines de fortune que lui et ses frères, orphelins, furent contraints de fréquenter, dans cette période où les Trente Glorieuses n'étaient que l'embryon d'une réalité prometteuse mais en chantier. Comme beaucoup, je ne peux imaginer ce qu'est la douleur d'avoir faim. Demi-pensionnaire dès la maternelle, j'entendais pourtant les rengaines admonestées par les surveillantes, comme elles l'étaient par mes parents. La guerre et ses privations planaient comme un mauvais nuage sur nos repas. Ma mère me raconta comment, dans la capitale en ruines, elle partait glaner des patates pourries parmi les gravats des maisons bombardées. Le film d'Helma Sanders‑ Brahms, *Les années de plomb*, et, plus tard, le *Journal anonyme d'une Berlinoise,* s'ajoutèrent aux souvenirs de son enfance massacrée. Chaque alerte annonçant l'imminence d'une bombe qui allait s'écraser, puis le bruit de cette même bombe déclenchaient inexorablement la peur, qui prenait la forme et l'odeur d'un mince filet jaune coulant le long de ses jambes fluettes. Le premier jour de l'été 45, un escadron soviétique fit irruption dans la cave où elle et sa famille se cachaient. Ma mère, sans qu'elle en comprît la raison, reçut une baffe magistrale d'une femme militaire. Celle‑ci se vengeait‑elle d'un enfant perdu durant la bataille de Stalingrad ? Qu'importe ! La bestialité s'était véritablement incarnée dans cette femme capable de faire ce que sa propre imagination n'avait jamais sans doute conçu. Ce jour‑là, ma mère aurait dû fêter ses dix ans.

Quelques mois auparavant, mon père se trouvait encore dans l'Isère, caché dans une famille de paysans. Comme beaucoup d'autres, c'était des gens simples, ignorant tout du judaïsme et résolument humains et « justes ». Moyennant une somme versée par l'O.S.E, ils donnèrent l'abri à mon père, le nourrirent, le firent travailler, comme leurs enfants, dans les champs, le sauvèrent d'une déportation programmée. Mon père avait d'ailleurs réchappé à trois reprises. La première fois, c'était au commissariat du XVIII ème arrondissement de Paris. Alors qu'il attendait que ses papiers soient contrôlés, il saisit dans les yeux du policier qui le gardait qu'il lui fallait au plus vite déguerpir, ce qu'il fit promptement. La deuxième fois, il commit l'impair de répondre en allemand (en fait, en yiddisch) à un officier qui lui avait donné une barre de chocolat. Devant l'air interrogatif du soldat, il bredouilla qu'il avait appris l'allemand sur les bancs de l'école. Il reconnait aujourd'hui qu'il eut beaucoup de chance. La troisième fois aurait pu lui être fatale et il en garde encore les traces. La milice active dans la région de Grenoble l'arrêta, persuadé que mon père connaissait un réseau de résistants. Mutique, il reçut, non une gifle, mais des coups de poing qui dévièrent à jamais sa cloison nasale. Il ne dut sa survie qu'à une femme présente, Boule de suif locale, qui plaida la clémence et obtint que mon père fût relâché.

Pour mon père comme pour ma mère, à quoi tenait leur vie respective ? Les expériences d'humiliation et d'humilité se croisèrent, comme les fils d'un métier à tisser. La « sale Boche » arriva à Paris à l'automne 45, au gré d'un remariage de ma grand-mère avec un STO. Le « sale juif » était remonté dans la capitale un an auparavant, Paris venait d'être libérée, son père, sa mère et Rosa, sa sœur, avaient été exterminés à Auschwitz, non loin de leur Hongrie natale.

*

Mes parents, dont la rencontre était plus qu'improbable, avaient cependant quelques funestes points en commun : le père de ma mère mourut durant l'opération « Barbarossa », probablement entre la fin 41 et le début de l'année 42 ; le père de mon père fut arrêté en août 41, interné à Drancy, puis à Compiègne, déporté dans le convoi n°1 , le 23 mars 1942 , tatoué du numéro 28241. Son décès porte la date du 23 avril. Il ne survécut que trois semaines dans l'enfer concentrationnaire. On estime la durée moyenne de survie des déportés à trois mois. Après une année passée dans les camps d'internement français, en l'occurrence celui de Compiègne, mon grand-père, malgré son jeune âge, 41 ans, devait être étique et moralement épuisé. Une lettre reçue par la famille atteste de ses inquiétudes malheureusement fondées : aller en « camp de travail », puisque telle était la destination officiellement affichée, était synonyme d'une mort certaine. « Je n'y survivrai pas » furent ses derniers mots. L'arrestation et la déportation le 15 décembre 1943 de ma grand-mère et de Rosa ne figurent plus que dans les archives du Mémorial, rue Goeffroy-Lasnier. Ma quête fut vaine, mais j'ai longtemps espéré qu'un miracle se produirait. Le plus jeune frère de mon père confia que, à leur retour dans la capitale, durant une année ou plus, « il rêvait qu'il ne rêvait plus ». Chaque nuit, cet enfant alors âgé de onze ans a imaginé le retour de ses parents et de sa sœur, a pensé que le cocon familial se recréerait, a cru que tout cela n'était qu'un mauvais rêve. Mon autre oncle m'a confié qu'il avait beaucoup pleuré quand son grand frère leur avait dit, sans ménagement mais avec un courage et une lucidité remarquables : « Papa, Maman , Rosa, c'est fini ! ». Ces mots, implacables, accompagnés d'un geste de la main, ont sans doute permis la résilience mais n'ont pas enlevé la douleur et l'incompréhension. Pire, celles-ci sont aujourd'hui une partie de notre héritage. Mon oncle pleura donc abondamment, puis, il ne pleura plus. Jamais. Quant à mon père, je n'ai pas osé lui demander sa réaction et je me garderai bien de monter à l'assaut de la citadelle qu'il a bâtie pour continuer à vivre. Jusqu'à mon voyage en Pologne, j'ai recherché, parmi les photographies qui tapissent une pièce d'une maison d'enfants en bordure du camp d'Auschwitz, les traces de Téréza, ma grand-mère, et Rosa, ma tante. Des déportées juives ont travaillé, en dehors du camp, dans une ferme où l'on avait développé la pisciculture. Notre guide historien nous expliqua qu'une révolte éclata et que celle-ci fut brutalement réprimée. Près de quatre cents femmes furent tuées et leurs corps enterrés dans le jardin où de jeunes Polonais s'ébattent en toute insouciance aujourd'hui, car la ferme est devenue un jardin d'enfants. Quand on pénètre dans le lieu, on entend les cris de ces enfants. Sur la droite, une pièce fait office de mémorial. Les photographies des femmes sacrifiées sont accrochées sur les quatre murs. J'ai regardé, scruté ces visages. Rosa n'y est pas. D'ailleurs, pourquoi la chercher ? Mon père m'a dit un jour : « Rosa n'a pas lâché la main de Maman.» Rosa, c'était la grande sœur , qui a refusé de quitter Paris, alors que mon oncle Albert avait des faux papiers et qu'il pouvait la faire passer en zone libre. Ma grand-mère ne parlait pas le français et sa fille n'a pas voulu la laisser seule. Elle n'a donc pas pu se séparer d'elle dans le camp, tout comme le firent Simone Veil, sa sœur Milou et leur mère. Bien sûr, tout cela n'est que conjecture et nous ne saurons jamais ce qu'il advint d'elles deux à leur arrivée dans le camp. Mais chacun des survivants a dû élaborer son scénario pour rendre l'horreur plus supportable. Pour ma part, je reste convaincue que le cauchemar est bien vivant, qu'il habite nos jours et nos nuits , et que nous ne cesserons de nous demander ce que furent leurs vies depuis leur arrestation : une non-vie, une autre vie, le début de l'enfer, la « vallée de l'Hinnom », la vallée de l'innommable. J'ai pourtant trouvé, de façon aussi inattendue que surnaturelle, une trace de leur passage à Auschwitz : non loin d'une étendue non reboisée, là où des milliers de corps furent brûlés à ciel ouvert, parce que les fours crématoires ne pouvaient tout absorber, une fosse qui devint mare servit de réceptacle aux cendres et aux os broyés par le feu. Les groupes s'y recueillent aujourd'hui. Etonnamment, ces os remontent à la surface et forment sur la grève de petits coquillages qui refusent d'entrer dans l'humiliation de l'oubli. Je les regardai, les scrutai. L'indicible devint visible ce 1 er novembre 2012. Quelques semaines après, de retour en France, je reçus de l'administration du cimetière-musée d'Auschwitz l'avis de décès de mon grand-père. Nous n'avions jusqu'alors que des « Avis de disparition » qui avaient été délivrés par le Ministère des Anciens Combattants en 1953, et que détenait mon oncle Albert. FTP-MOI, on lui doit la survie de ma famille paternelle. Agé de dix-huit ans à la Déclaration de la guerre, il comprit très vite la menace que l'armistice du 22 juin puis la promulgation des lois d'octobre 40 représentaient pour sa famille. Il ne réussit pas à convaincre mon grand-père, qui restait persuadé avoir trouvé la terre des Droits de l'Homme, de ne pas aller se faire recenser. Le magen de David se trouva estampillé sur les cartes d'identité et cousu sur les manches des vestes et des manteaux. Mon grand –père réchappa au premier contrôle d'identité, mais pas au second. Il fit donc partie du premier convoi qui quitta Paris pour la Pologne et son nom figure en quatrième place sur la liste établie par les forces d'occupation.

*

L'incroyance et la pratique de la langue allemande ont sans doute contribué à rapprocher mes parents. Je peux ajouter la tradition culinaire, en l'occurrence celle d'Europe centrale. Depuis Proust, on sait la puissance mémorielle des papilles gustatives, et ma mère eut tôt fait d'exhumer les souvenirs d'enfance de mon père, au travers de quelques plats. Il en est un particulièrement apprécié de ceux, qui autrefois, pouvaient en trouver dans de petites épiceries de la rue des Rosiers aujourd'hui reconverties en boutiques de mode ; il s'agit des foies de volaille hachés mélangés avec des œufs durs et des oignons. Dans un allemand lui aussi malaxé, il porte le nom de « Eier und Zwiebeles », ou « hachker Leber ».J'ai vu ma mère tant de fois confectionner ce plat typique que je me plais aussi, en fanfaronnant, à le présenter à mes amis : plat pas cher, plat cacher et qui tient au ventre ! C'est ainsi qu'un collègue américain, lors d'un apéritif dinatoire, me tomba littéralement dans les bras quand il eut reconnu ce que sa grand-mère appelait « Chopped liver » à Miami. L'autre fait amusant, c'est que j'avais depuis un certain temps soupçonné que mon collègue était d'origine juive. Bien charpenté, il porte merveilleusement le joli nom de « Greenwald », que je traduisis d'emblée par « Grünwald ». Après qu'il eut savouré quelques bouchées du fameux pâté, il me dévoila ses origines et le cheminement de ses arrière-grands-parents qui, fuyant les pogroms, débarquèrent à Long Island au début du siècle. Comme de nombreux immigrés de leur génération, l'essentiel était pour mes parents, comme pour ceux de mon ami américain qu'on les oublie : oubli de leur histoire, de leur langue, ce qui passa par une francisation automatique de leur prénom. Mais chez les Juifs, la chose se complique quelque peu et mon père, selon les endroits et les personnes qu'il fréquente, ne compte pas moins de cinq prénoms : le prénom civil hongrois, sa traduction en français, le prénom de baptême en hébreu, en yiddish et sa traduction en français. Le passage de l'une à l'autre de ces appellations ne m'a jamais gênée, jusqu'au jour où, accompagnant mon oncle Albert à une cérémonie donnée en l'honneur des Résistants FTP-MOI (et à laquelle il refusa qu'on lui décernât la moindre décoration) , un ami, qui nous croisa, le salua d'un « Alain » qui me figea sur place. Je compris qu'on avait abordé les rives d'une terre inconnue, qui s'appelait la clandestinité, le courage, mais aussi le secret, et surtout, l'indicible. Ces quatre années passées entre Paris, Lyon et Grenoble, où il avait caché ses frères, sont attestées dans un livre mémoriel que j'ai pu consulter au Centre de la Résistance et de la Déportation à Lyon. Quand on enterra mon oncle dont je considérais qu'il fût davantage un grand-père, on prit soin d'accoler sur le faire –part de décès et sa pierre tombale les deux prénoms, celui de l'homme qu'il fut dans la vie civile et celui qui résista. Mon père eut, en tant qu'enfant caché, une autre identité. Mes deux oncles encore vivants, les deux plus jeunes enfants de la fratrie, réchappèrent eux aussi à la déportation, grâce à ce que d'aucuns appelleraient un caprice d'enfant. Placés en septembre 43 à la Maison d'Izieu, ils durent en être retirés quelques semaines plus tard. Le petit dernier ne cessait de pleurer : expulsé du cocon familial, des bras de sa mère et de sa sœur, sentant peut-être un danger imminent, il se montra inconsolable. Quant à son frère de trois ans son aîné, il exaspéra la directrice, Sabine Zatlin, réclamant à force hurlements d'avoir un livre de prières. Mon grand-père était shohet, c'est-à-dire sacrificateur ; la religion tenait une place essentielle dans cette famille de sept personnes, nichée dans un deux-pièces minuscule de la rue Eugène Sue, transversale de celle où habitaient les frères Joffo. Les pleurs et les cris eurent raison de la patience de l'infirmière polonaise de la Croix-Rouge qui demanda à ce que les deux enfants fussent placés dans des familles approchées par l'O.S.E. C'est ainsi que leurs noms ne figurent pas sur la triste liste d'un dernier convoi parti de Drancy, emmenant avec lui les 44 enfants et leurs sept accompagnateurs à destination du camp d'extermination. Les seules empreintes que laissa la religion juive sont celles, pour mon oncle chercheur, d'une parfaite connaissance de l'Ancien Testament et de l'hébreu classique ; quant à mon père, il parle un yiddish sans faille dont il nous régala longtemps lors de repas de famille. Sa pratique du commerce au cœur du Sentier se nourrit naturellement de son art de conteur. Avant d'ouvrir sa propre boutique de peaux, il vendit de tout, et notamment des collants. Il s'amusait du baratin qu'il clamait sur les trottoirs parisiens : « Ma p'tite dame, dans la vie, il y a des hauts, et il y a aussi des bas.. » Mon père peut avoir l'œil coquin et je me souviens de blagues qu'il pouvait faire en voiture, dans les embouteillages. A une époque assez récente, il se fit arrêter par la police, empruntant un sens interdit. Ma mère était dans tous ses états et se demandait ce qu'il pourrait encore inventer pour justifier une telle méprise ; il est un fait, qu'une fois encore, il s'en tira sans la moindre contravention. Il semble qu'il convoquât le shabbat, la fête de Yom Kippour ou tout autre évènement du calendrier juif. Il acheva d'attendrir ses redresseurs de tort en sortant son permis de conduire antédiluvien, d'un rose délavé, et avec sa tête de jeune premier. Mon père fut aussi enfant de chœur à la synagogue et il aime entendre les chants religieux, à la seule condition qu'ils soient, bien sûr, excellemment interprétés ! Pourtant, il fut aussi très tôt un athée convaincu, et pour cause : mon grand-père, qui n'a vécu que par et pour la religion, avait décidé que mon père serait rabbin. Or, celui-ci n'avait qu'une idée en tête, taper dans un ballon. Quand il arriva gare de l'Est à Paris en 1933, l'accueil que lui réserva son père remit les choses en place : incapable de réciter un passage du Talmud, il reçut une gifle magistrale, de celle dont on se souvient longtemps, si ce n'est une vie entière. Mon père, tristement orphelin entre 1941 et 1943, me confia qu'il n'aurait jamais accédé aux volontés paternelles et qu'il aurait quitté le domicile familial au plus vite si l'Histoire n'avait abattu sa grande hache sur leur vie, pour reprendre les mots d'un autre enfant caché, Georges Pérec. Ma mère, de son côté, baptisée à sa naissance protestante comme l'étaient beaucoup d'Allemands, fut rebaptisée deux fois catholique, par les bons soins des sœurs qui prirent à Paris son éducation en main. Là aussi, la religion dérapa. Jeune élève à l école de puériculture, ma mère balança une bassine d'eau au visage d'une sœur un peu trop présente et tactile à son goût. Pour clore le chapitre religieux, l'athéisme de mes parents ne les priva pas de belles rencontres avec des hommes de foi. C'est grâce à l'intervention d'un prêtre que mes parents purent emménager dans un immeuble co-financé par l'Eglise et eurent pour voisin le père Brancolini, grand spécialiste de la Révolution française, qui enseignait à la Sorbonne et avait adopté cinq enfants. Il y avait là un voisinage où les mots « orphelin », « foi en l'homme », « humiliation » et « humilité » prenaient un sens.

*

Ce sont les rires des enfants avec lesquels mon père jouait sur la plage qui attirèrent l'attention de ma mère. C'était l'été 59, sur la côte varoise, au Lavandou. La rencontre fut rapide, sans équivoque, rondement menée. Mon père, qui habitait des chambres hôtelières ou locatives miteuses, débarqua avec sa valise rue Hyppolite Maindron, près de Montparnasse. Ma mère vivait dans un petit studio surplombant l'atelier d'artiste où œuvrait Alberto Giacometti. Non loin se trouvait l'immeuble que a grand-mère nettoyait et où vivaient aussi Zao Wou Ki et César. Il y a vingt –cinq ans environ, ma mère et ma grand-mère se rendirent dans le quartier pour un énième pèlerinage qu'elles affectionnaient tant. Hésitantes, elles demandèrent au facteur si l'aquarelliste chinois habitait encore là. Elles sonnèrent et la porte s'ouvrit, simplement. Zao Wou Ki les regarda un moment, il pencha la tête, une lumière soudain dans le regard : « Erna ! », a t- il murmuré avant de les laisser entrer. Pudeur, reconnaissance, sourires et mots échangés, l'immense peintre et la petite immigrée berlinoise ont partagé quelques minutes le bonheur d'évoquer le passé et d'être encore de ce monde. La porte se referma, simplement. Car c'est bien l'adverbe qui convient pour qualifier la vie qui fut la leur, au milieu de ces illustres artistes.

Ma grand-mère maternelle fut en bien des points un être exceptionnel, tant par l'extrêmes pauvreté et dénuement dans lesquels elle vécut que les rencontres qui jalonnèrent sa route. Elle aimait à dire qu'elle était « internationale », avec son accent germanique et sa syntaxe décousue. A dix-sept ans, elle accoucha d'un premier garçon, Walter, qu'elle dut placer chez une femme en mal d'enfant. Toute sa vie, elle tenta de garder les liens avec lui, ni abandonné, ni élevé par elle, et qui grandit à l'est du Mur où il fonda sa propre famille. Cet enfant qu'elle revit au gré des quelques allers et retours qu'elle put faire avant et après la chute du Mur fut son secret douloureux, sa tumeur lancinante. Et c'est d'ailleurs au moment où ma mère déclencha un cancer au sein que je décidai avec elle de partir à Berlin, de retrouver la rue où elle avait habité, et pourquoi pas, de parcourir les derniers kilomètres séparant la capitale allemande de leur village natal, Fredersdorf. Nous n'avions rien prémédité, rien espéré de ce périple ma mère et moi : juste, avant l'opération programmée aux premiers jours de l'été, nous pourrions partager ensemble un voyage mémoriel. Plaisir et fous rires de parler allemand, croquer à pleines dents dans les petits pains, les cornichons et la charcuterie, découvrir aussi les galeries de peinture, les lieux alternatifs, tout fut simple, évident, jusqu'à cet après-midi où nous avons sonné à la maison de son frère. Le temps qu'il émergeât d'une probable sieste, il apparut enfin. Nous restâmes presque deux heures. Cet homme, mon oncle, m'était à la fois inconnu et proche ; des gestes ne pouvaient trahir les lois de la génétique : ses mains caressaient les miettes sur la table tout comme le faisaient celles de ma grand-mère, mains que j'avais pu si souvent observer quand je passais mes vacances chez elle. J'avais le sentiment que je retrouvais dans le visage de cet homme un peu des traits de chacun des quatre autres enfants que ma grand-mère eut ensuite. Walter était à l'écoute des explications que ma mère, inextinguible, voulait lui transmettre. Elle savait leur blessure, elle savait aussi qu'elle seule pouvait recoudre en cette douce après-midi de mai les liens à la fois réels et fantasmés qui avaient unis ces deux êtres. Ma mère parle un allemand fluide et troué, que je pus parfois combler quand son lexique lui faisait défaut. Elle tenait à lui dire combien ma grand-mère avait souffert toute sa vie de cette séparation où se mêlaient la honte d'avoir abandonné et celle d'être condamnée. Française, ma grand-mère aurait été tondue. Veuve de guerre lors de l'Opération Barberousse où le père de ma mère perdit la vie, elle refit la sienne avec un S.T.O breton, aussi bel homme, comme en témoigne l'unique photo qu'on a de lui, que pochard au point de faire frémir les cours d'Assise ; c'étaient les banales violences conjugales répétées, la tentative de viol sur ma mère, la menace de balancer la petite dernière de neuf mois du haut du balcon. A bout, ma grand-mère repartit vers l'Allemagne dénazifiée. Véritable « mère courage », elle se présenta à la frontière allemande avec trois enfants sous le bras, mais fut violemment conspuée par la police allemande, jetée en prison, puis refoulée hors de la mère-patrie. La possibilité de retrouver cet enfant s'éloignait une fois encore. C'est tout cela que ma mère tenta de dire, de justifier. Les étreintes au moment de partir et regagner Berlin furent fortes et sincères. Pour autant, nous n'avons plus eu de nouvelles depuis.

*

De retour à Paris, ma grand-mère plaça une première année ses trois enfants à l'Assistance publique, puis trouva une nourrice chez qui les deux petits vécurent durant sept années. Ma mère, plus grande, fut élevée par les sœurs et devint aide-puéricultrice. Très tôt, elle était sortie de l'enfance ; outre les patates pourries ramassées sous les bombardements de Berlin, elle chapardait dans les jardins ouvriers du côté de Villeneuve-Saint-Georges, se laissait tirer sur la Seine par les péniches, son petit frère accrochée à son cou. C'est avec bonheur qu'elle put, par la suite, bénéficier d'un minuscule logement situé au-dessus de l 'atelier de Giacometti. Selon les photos prises dans la cour de l'atelier, on peut voir l'escalier qui y mène, soit à droite, soit à gauche, en bois ou en fer. C'est donc là que mon père débarqua avec sa valise, pour n'en plus repartir. J'y vécus la première année de mon existence et, sans fanfaronnade de ma part, je peux dire que c'est

Giacometti qui m'a connue : il donna des sous à mes parents afin que ceux-ci puissent m'envoyer dans un home d'enfants en Suisse. Les conditions de vie dans leur modeste studio à quatre, mon frère étant né deux ans auparavant, étaient pénibles. Si l'hiver 54 fut célèbre pour sa froidure, l'hiver 62 fut également très rude et je faillis y laisser mes deux petits kilos d'existence. Je ferme la page Abbé Pierre. Pour autant, il convient de revenir sur l'immense générosité et l'humilité reconnue de ce sculpteur qui pétrit toute sa vie, s'interrogeant sans cesse sur la nature des choses et des êtres. Quand ma mère rentra de la maternité avec mon frère, il se pencha sur le berceau et dit : « Alors ça, ça... c'est un garçon ? »Tout l'étonnait, il montrait ouvertement sa stupéfaction devant l'indicible que représente la vie. Plus tard, il engueula Annette, sa femme, qui demandait à ma mère ce qu'elle désirait pour ma naissance : « Mais enfin, donne –lui de l'argent ! ». Ma mère récupérait les tubes de peinture qu'il mettait à la poubelle et confectionna ainsi un premier tableau avec son matériel. Il eut quelques mots dénués de toute flatterie : « C'est bien, c'est même très bien ! ». Puis il l'enjoignit de lui montrer ses prochaines peintures. Cela ne se reproduisit pas, mais ma mère , dès que cela lui fut possible, reprit toiles et pinceaux.   Mes parents retournèrent régulièrement dans le quartier, et je pus moi-même rencontré Diego, l'indispensable frère de l'ombre, chez lui, quelques mois avant sa mort. Sa maison, qui était tapissée d'œuvres d'amis peintres, fut cambriolée dès le lendemain de l'annonce de son décès. En 1990, j'eus l'opportunité d'assister à une conférence sur l'œuvre des frères Giacometti et à laquelle assistait le dernier frère vivant, Bruno. C'était un bel homme, au port de tête noble, les rides profondément marquées depuis les arêtes du nez jusqu'aux contours de la bouche. De la beauté, on gardera cette répartie désormais célèbres d'Alberto essayant de saisir les traits de Jean Genêt : « Vous êtes beau ! .... comme tout le monde, hein ? »

*

J'ai eu assez tard connaissance des rares photos paternelles que détenait un de mes oncles. J'ai toujours su en revanche que cette branche familiale était juive. Pourtant, je serais, comme beaucoup d'entre-nous, incapable de dire à quel âge j'ai eu conscience de mes origines et de la douleur qu'elles ont engendrée. Il me semble, pour en avoir discuté avec d'autres enfants « d'enfants cachés » et petits – enfants de déportés, que cette transmission de la mémoire est davantage charnelle qu'intellectuelle. J'ai toujours librement parlé de cette période avec mon père et ses frères. L'évocation des disparus, mes grands-parents et la sœur ainée, Rosa, pouvait se faire durant ces repas du dimanche qui nous réunissaient parfois, oncles, cousins, cousine. Chacun porte en lui une forme de judaïté. Ma mère n'étant pas juive, *de facto*, je ne le suis pas non plus. Ni juive, ni goy. D'ailleurs, l'un des liens qui nous unit tous est notre laïcité, ce qui n'exclut pas notre goût pour tout ce qui touche au folklore ashkénaze. En outre, il y a un sentiment autre, d'une appartenance indéfectible, indélébile, comme un tatouage mental avec lequel chacun bricole ou se débrouille. J'ai commencé mes recherches peu de temps avant mon bac. La série américaine « Holocauste » était diffusée sur les écrans français et je devais d'ailleurs participer avec mon père à l'émission « Les Dossiers de l'écran » où fut conviée Simone Veil. Cela ne se fit mais j'étais fermement décidée à en savoir davantage. Mon oncle Albert, celui qui sauva ses frères, celui qui joua le rôle de grand-père et m'apprit à creuser le filon et jouer le lombric littéraire, me livra des bribes de souvenirs dont celui avec lequel il a dû vivre le restant de ses jours et de ses nuits. Il m'expliqua ainsi comment, à l'automne 43, alors que ses trois cadets avaient pu être placés chez des paysans de la région de Grenoble, il remonta sur Paris avec les faux papiers nécessaires pour permettre à ma grand-mère et ma tante de franchir la ligne de démarcation. A l'heure où j'écris ces lignes, j'ai quarante-deux ans de plus que ne l'avait Rosa, déportée quelques jours après son dix-huitième anniversaire. Il est étrange de la nommer ainsi, « ma tante », ce qu'elle ne fut jamais .Et, pourtant, elle existe en tant que telle : combien de fois ai-je rêvé, souhaité qu'elle existât encore, qu'elle fût sur cette terre, qu'un miracle se produirait comme on en voit parfois sur les chaînes de télévision. Mais derrière ce désir illusoire se cache l'indicible réalité dont personne ne pourra nous délivrer. Car c'est bien cela dont il s'agit : nous sommes prisonniers à jamais car nous ne saurons jamais ce qu'ont été leurs derniers instants dans la vie humaine avant de basculer dans l'horreur inimaginable conçus par les bourreaux. Mon oncle est arrivé avec un ou deux jours de retard à Paris. Quand il est monté au deuxième étage du numéro 26 de la rue Eugène Sue, l'appartement était vide. Le convoi n°63 dans lequel elles furent jetées partit le 15 décembre. Le Mémorial établi par Serge Klarsfeld permet de détailler leurs conditions de transport et même s'il est probable qu'elles furent toutes deux assassinées dès leur arrivée au camp, j'aimerais qu'on me dise qu'elles n'ont pas eu peur, qu'elles n'ont pas crié, qu'elles n'ont pas souffert, qu'elles ont pu trouver , dans ce transport grégaire aimanté vers le plus grand nœud ferroviaire de l'Europe, comme aspiré par la bouche aujourd'hui exsangue du portail du camp d'Auschwitz, l'expression infime d'humanité. Je voudrais dire à mon père qu'il peut verser les larmes que je n'ai jamais vu couler, que la forteresse qu'il s'est construite a sûrement des brèches qui demandent à laisser entrer un peu de cette sensiblerie et de cette indulgence qu'il a toujours rejetées. Ce qui était une évidence quand j'étais petite, et même jusqu'à mon entrée dans la vie d'adulte, c'était que mon père fut juif, ma mère allemande. Ils s'aimaient, ils se sont mariés, il n'y avait rien d'exceptionnel à cela. De même, ma mère est une femme très nerveuse, mais quoi ? Des bombardements, l'immeuble qui s'écroule, son père disparu à Stalingrad, un beau-père sur le chemin de l'inceste, ma grand-mère qui veut se noyer avec elle et son petit frère, l'orphelinat, les bonnes -sœurs frustrées qui s'approchent un peu trop d'elle, comment espérer trouver l'apaisement ? Mes parents sont les êtres les plus solaires que je connaisse, solaires et solidaires. Et comme tout être, ils sont doubles, complexes. Parce que la vie se coordonne avec la conjonction « Et » et non pas « Mais » », mes parents ont fait acte de résilience, comme la terminologie psychanalytique a su le définir. Mes parents sont meurtris et solaires. Mais plus j'avance, plus l'ignominie de la barbarie m'interpelle : comment ont-ils pu continuer à vivre, à faire des enfants, à croire en un avenir meilleur ? « La banalité du mal », pour reprendre les mots d'Hannah Arendt, est en soi une forme d'oxymore, si l'on considère que le mal doit être l'exception, et non la règle. Quand je me suis rendue, à deux reprises, sur le site d'Auschwitz que j'ai pu arpenter durant trois jours entiers, j'ai connu de forts moments d'émotion, bien sûr, mais aussi de fatigue, d'ennui . Je ne voyais alors aucun sens à ma présence. Mais il y a eu l'inattendu, notamment en découvrant mon patronyme gravé sur l'une des baraques en briques rouges où étaient détenues des femmes. L'« inespéré », c'est la fiche que m'a tendue l'employée du centre de recherches. Au moment des différentes commémorations, le site de Birkenau a été restructuré. Ainsi, les baraquements militaires polonais à l'origine et réquisitionnés par l'occupant allemand ont été, en partie, donnés à tous les pays qui ont souffert de la barbarie nazie. Le baraquement 25, que l'on voit dans le documentaire d'Alain Resnais, *Nuit et brouillard*, est devenu le centre de documentation auprès duquel on peut demander si des traces des disparus subsistent. Un tiers des archives a été brûlé lors de l'évacuation du camp, le deuxième tiers a été pris par les forces soviétiques, le dernier tiers est encore à d'Auschwitz. M'éclipsant 'd'une rencontre avec le responsable du site, je suis allée sonner à la porte du baraquement 25. Mon allemand redevenu fluide a permis que la porte s'ouvre d'emblée et que la documentaliste accède à ma requête. En ouvrant un meuble secrétaire d'époque, elle a tiré la fiche de renseignements de mon grand-père : le numéro du convoi, sa date d'arrivée dans le camp, cinq chiffres tatoués sur son avant-bras gauche, la date de sa mort y figurent.

*

Quand ma grand-mère maternelle est décédée, cette « bleiche Mutter» (mère-courage), joyeux mélange de Lily Marlene extravertie et de Fantine édentée , je lus quelques mots dans l'église qui permit le recueillement. A la demande d'une de mes tantes croyantes, un office fut donné pour celle qui, bien que baptisée et « baptisante », n'avait aucun penchant pour le religieux. Comme mon père, j'aime les temples, ces lieux de possibles silences et de rencontres littérairement exaltantes – je pense à la cathédrale de Rouen, bien sûr· On put faire jouer le « *Mater Dolorosa* » extrait du *Stabat Mater* de Vivaldi. Ce fut un moment bref, intense, où chacun était à sa place. Je regardais ma mère dont les larmes ne cessaient de couler, encadrée par ses deux sœurs, formidable sororité issue de trois pères différents. Puis, à la fin de ma très courte allocution, je demandai qu'on se souvienne

aussi d'une autre grande absente, d'une autre
« sainte », et , pour la première fois de ma vie ,
je soutins le regard de mon père, qui ne cilla
point, mais vint me remercier à la fin de l'office.
Il est parfois des moments magiques et
heureux, et l'enterrement de notre doyenne, qui
réussit à rassembler les deux-tiers de son
village, nous permit d'en vivre l'un des plus
forts. Sa vie , que je qualifierai le plus
honnêtement du monde, de « vie de merde » (ne
me dîtes jamais, « Ah, de mon temps, c'était
mieux ! » et je vous déroule l'éloge funèbre
d'Erna Neukam, fille-mère, mariée Travadon,
enterrée Madame Jean, à côté de son défunt
compagnon, Giovani Dedola, sarde analphabète
et qui fut le plus doux des grands-pères de
substitution) , cette vie de merde, donc, fut
aussi incroyable , ce fut une vie de baroudeuse
chahutée par les humiliations et rayonnante
d'humilité.

Et puis il y a Téréza, la mère de mon père,
dont je sais peu de choses si ce n'est qu'elle
était, au dire de ses fils une « Sainte », comme je
l'ai repris à l'église. Découvrir son visage fut un
véritable choc – la douleur s'incarnait enfin-

autant qu'une délivrance. Mon père a la forme de son visage, et comme je tire plutôt du côté paternel, j'ai vu d'emblée nos ressemblances. Ce qui fut longtemps un complexe pour moi trouva enfin une explication. Parce que je fus dotée d'une poitrine opulente très tôt, ma mère n'était pas loin de céder à ma demande de subir une opération quand cette photo me fit derechef accepter ce surcroit et surpoids de féminité. Petite et bien charpentée, on devine sous le manteau d'hiver de ma grand-mère une paire de seins conséquente. Cela eut un effet immédiat : j'étais détentrice d'un héritage dont je pouvais ne plus rougir, ou du moins que je ne devais plus cacher ! La réalité est tout autre : je suis très fière de ma poitrine hongroise ET je continue malgré tout de me tenir voutée. Allez comprendre ! Cette femme était lettrée, et mon oncle raconte qu'elle recevait régulièrement de sa famille restée en Hongrie des magazines, des revues. Elle lisait beaucoup, en hongrois, mais parlait le yiddisch avec ses enfants. Quand son mari, mon grand-père, fut arrêté par la police française, elle tenta d'aller plaider leur cause, arguant qu'on ne pouvait arrêter un homme qui laissait derrière lui une femme et cinq enfants. Avec ses deux plus jeunes fils, elle vit son mari partir, debout sur la plate-forme des vieux bus parisiens ; puis, elle retourna le voir à Drancy , toujours avec mes oncles et put l'entrapercevoir et lui faire signe. Les conventions signées à l'époque entre la France et la Hongrie auraient dû lui permettre d'être libéré, mais mon oncle Albert essuya un refus catégorique de la part de l'officier d'état à l'ambassade à Paris. Il confia à mon cousin qu'il regrettait de ne pas avoir eu ce jour –là une arme qui lui aurait permis de faire pression. C'est ce qu'il a dû penser toute sa vie, un regret supplémentaire à tous ceux qui l'ont accompagné. Les noms de Téréza , Jeno et Rosa figurent sur un certain nombre de papiers que les administrations française et polonaise nous ont photocopiés : leurs « Actes de Disparition » établis en 1950 par le Ministère des Anciens Combattants et Victimes de Guerre, des « Bulletins de décès » qui émanent de la Mairie du XVIII ème arrondissement de Paris, en octobre 1952 , la « carte de déporté politique » établie en 1957, une fiche de renseignements concernant « ADLER Jeno, sacrificateur , le

12.12.1941 , Compiègne », deux fiches de renseignements établis pour Thérèse ADLER née Landau et Rosa ADLER le 26 novembre puis le 17 décembre 1943 à Drancy. Leurs noms figurent aussi dans le *Mémorial* constitué par Serge Klarsfeld, ainsi que sur l'un des murs érigés dans la cour du Mémorial de la Shoah, rue Geoffroy l'Asnier. Enfin, suite à mon voyage en Pologne, l'administration m'a envoyé l' « Attestation de disparition » de mon grand-père que j'ai précédemment mentionnée. Ces gens ont existé, leur chair s'est évaporée en nuées, leurs os se sont mêlés à l'humus local et remontent sur la grève insolemment. Ces gens furent, il faut le savoir.

*

Comme tous, la lecture du terrible *Si c'est un homme* de Primo Lévi m'a bouleversée. Le suicide de cet homme laisse à penser qu'il ne fut, à son retour, qu'un mort-vivant, et que toute vie normale, après la Shoah , est impossible. Deux passages m'ont particulièrement frappée : il s'agit d'abord du regard que l'officier allemand porte au déporté, regard que Primo Lévi ne peut qualifier car, écrit –il, à peu près en ces mots, « si je pouvais décrire ce qu'il y avait dans ses yeux, je pourrais expliquer ce que fut l'enfer concentrationnaire ». Or, on touche bien à l'indicible, l'inqualifiable. « Quel est cet homme capable de faire ce qu'il est incapable d'imaginer ? », questionne René Char. Quel est cet homme, en l'occurrence un kapo, qui vient essuyer sa main pleine de boue et de rouille mêlées à la veste de Primo Lévi ? Ce qui ne serait qu'une vulgaire, une simple tache sur un vêtement devient le signe de l'obscénité la plus

49

grande et la plus accomplie. Ce qu'on ne doit pas voir sur scène, sur la scène de notre vie, est ici joué dans le mépris le plus total de ce qui constitue l'humanité : le respect. En y regardant de plus près, de façon étymologique, ce mot vient du latin *rescipere** qui siginifie : le répit. Ainsi, l'humiliation, quelle qu'elle soit, c'est dénier à l'autre le temps pendant lequel on cesse d'être menacé ou accablé par une chose pénible. Ne pas avoir de respect, c'est laisser l'ombre planer en permanence, c'est mettre en souffrance, c'est pousser l'autre dans les retranchements, l'incertitude, voire la folie. Dans le *Journal anonyme d'une femme berlinoise,* celle-ci raconte comment elle subit des viols répétés par la force occupante, les soldats de l'Armée rouge. L'un d'entre--eux devient son « officiel » et lui rétrocède, en échange des faveurs qu'il s'accorde, quelques pommes de terre pourries. Mais ce ne sera pas tant le viol en lui-même qui la marquera ; un jour, en effet, il arrive dans sa chambre, éméché, et, après s'être vidé en elle, il écarte ses dents qu'elle maintient serrées pour, sans doute, ne pas crier, et il y déverse un crachat.

Alors que les amoureux salivent ensemble leur bonheur dans des baisers fougueux, cette salive devient immonde, abjecte comme *les crachats rouges de la mitraille* », douloureuse métaphore rimbaldienne qui donne autant à voir qu'à entendre et sentir. Quels sont donc ces hommes et ces femmes qui, un jour, dans un moment d'égarement, par une attitude, que, suite à l'expérience de Milgram, on qualifia d' « *agentique* », par perte d'humanité , ces personnes donc découvrent ou retrouvent une part de bestialité et pensent qu'ils peuvent tout faire et tout dire ? Je suis toujours en colère quand je vois se dresser l'étendard soi-disant démocratique de « la liberté d'expression ». Depuis quand a-t-on le droit de tout dire ? Peut-on injurier l'autre en toute impunité ? Il y a là des dérives médiatiques bien dangereuses dans lesquelles s'engouffrent les politiques bien informés et les esprits les plus simples.

*

En 2007, comme beaucoup de Français, je décidai de partir à l'étranger avec mes enfants et, comme de bien entendu, on se trouva vite confrontés au problème des passeports, inexistants pour les plus jeunes, périmés pour les plus âgés. C'était donc le moment de remettre tout cela à jour et, comme un certain nombre de Français, je découvris médusée que je n'étais pas complètement française, plus exactement, je n'étais pas française de « plein droit ». Née dans le XIV ème arrondissement de Paris, fonctionnaire depuis 1986, il me manquait le sésame : le certificat de nationalité française. Ma seule carte d'identité ne suffisait à prouver qui j'étais ! Une employée du Tribunal de Nîmes m'expliqua que le Chef de l'Etat en poste avait réactivé les lois par le biais du Ministre de l'Intérieur, Charles Pasqua qui laissa son nom à cette misérable mesure. En fait, mon père ne fut naturalisé qu'en 1968 et je ne devins française de plein droit qu'à cette date. J'expliquai ainsi un jour à mon frère, qu'entre l'âge de 0 et 6 ans, 8 ans pour lui, nous n'étions de fait que des sortes d' apatrides ». Si ce terme est d'une violence certaine, du moins a –t-il le mérite de nous interroger sur le concept de « patrie ». Celui de « nationalisme » , au cours du XX ème siècle, s'est totalement décrédibilisé, pris entre les forces centrifuge et centripète des conflits , étayé par les désirs d'eugénisme et de purification , et définitivement sapé par les partis extrémistes. Le patriotisme a aussi beaucoup souffert des mouvements antimilitaristes des années 70 - 80. Pour ma part, si le drapeau français peut flotter aux frontispices des établissements publics, il me semble inapproprié aux fenêtres de nos habitations. Dans la sphère privée que celles –ci représentent, je parle la langue qui me convient, je goûte les saveurs de tous les pays, je crois en l'homme, en nous, et je n'ai nul besoin d'afficher un patriotisme qu'au demeurant je défends par-dessous tout. Evidemment, l'histoire de mon grand-père paternel qui était venu s'établir en France, car « c'était la terre des droits de l'homme » et qui fut du premier convoi qui partit de Compiègne pour Auschwitz, me questionne sur ce qu'est « le pays du père ». Mon oncle Albert, qui combattit vaillamment au sein de la Résistance étrangère, les FTP-MOÏ, mourut « apatride ». Il fut déchu de la nationalité hongroise en 1958, et renonça à demander la nationalité française. Je ne l'ai appris qu'après sa mort et je l'aurais bien sûr questionné si je l'avais su de son vivant. Que ressent –on de n'être « ni ni » ? Peut-on « Etre »sans patrie ? Mon oncle n'avait que faire et des honneurs qu'il refusa et des convenances dont il s'était débarrassé depuis longtemps. Je crois que son côté anarchiste se satisfaisait de cet état qui le plaçait en marge. Je reviens sur cet épisode essentiel dans ma quête. Quand je me rendis pour une commémoration à la mairie du IV ème arrondissement à Paris avec lui, il fut interpelé par une connaissance et moi, je restai interloquée : « Alain ! ». Nous nous arrêtâmes net. Dans cette cour pavée de la mairie se retrouvaient les anciens, les résistants dont les noms d'emprunt reprenaient ici droit de cité .Et c'était bien cela dont il s'agissait : être dans la cité et être cité, nommé, re-nommé. Je savais que mon oncle avait eu de faux papiers mais j'ignorais bien le patronyme qu'il avait eu, comme j'ignorais ceux de mes oncles et même de mon père. Cet appel fut comme une révélation : se levait le voile sur une partie de la vie de mon oncle, lui qui, si pudique, nous avait toujours tenu loin des rives de son passé et de son intimité. J'en sus davantage ce jour de printemps 94 , découvrant notamment le fameux Mémorial de Klarsfeld. Habituée à être la première des listes scolaires et autres, je retrouvai assez rapidement les noms de mon grand –père, Jeno Adler, convoi n°1, et de ma grand-mère, Tereza, et ma tante, Rosa dans le convoi n°63. Mon oncle possédait le Mémorial , qu'il avait presque acheté « sous le manteau » , lorsqu'il parut la première fois, mais il s'était bien gardé de le montrer. Ce n'est que lorsque je lui parlai de mon projet de partir en Pologne qu'il me photocopia les « cartes bleues » de déportés que l'administration française lui avaient envoyées et qui pourraient me servir, me dit-il , pour faire valoir le « droit de visites aux tombes ». L'écheveau de notre histoire familiale commençait de se défaire. Sa mort en 1997 nous accabla tous, d'autant que, vivant seul depuis toujours, il mourut seul, non « comme un chien », comme le pensa mon père, mais plus seul que seul. Je fus enceinte probablement ce jour-là.

*

A la naissance de mes fils, je me posai la
question des prénoms : devais-je ou non accoler
celui de nos parents ? Ma mère, dans ce qu'elle
dit être une tradition allemande, porte les
prénoms de sa mère et de sa tante, Gisela,
Erna, Frida. Mon père peut ouvrir, quant à lui,
un portefeuille à plusieurs entrées. Selon les
situations, qu'elles soient orale ou écrite, il peut
s'enorgueillir d'un joli palmarès onomastique !
Il reçut à sa naissance le nom d' « Israel Moshé
Ben Yankov Haïm » ; sur son passeport
hongrois, cela fut traduit par « Miklos » qui
devint « Nicolas » en France. La communauté,
quant à elle, passa naturellement de « Moshé »
à « Maurice ». Durant sa vie d'enfant caché, il
reçut l'identité de « Pierre Cartier ». La géologie
anthroponymique est, dans chaque famille, un
composé de strates particulier, offrant son lot de
surprises, d'histoires cachées, de secrets qui
remontent ou non à la surface comme les
ossements des corps juifs brûlés dans les bois de
bouleaux remontent sur la grève. Le livre de

Nicole Lapierre, en 1995 , *Changer de nom,* outre les explications extrêmement intéressantes sur l'origine des noms et leur poids psychologique, raconte cette anecdote, si elle n'était inscrite dans la terrible « parenthèse de l'histoire » ainsi nommée par les voleurs de mémoire pour occulter la dictature de Vichy, serait drôle et relèverait de l'humour juif. Un certain monsieur Katzmann veut franciser son nom pour échapper aux rafles. Tout germanophone comprend le jeu de mots involontaire : « chat-l'homme » est homonymique de « shalom », comme si l'empreinte génétique, elle aussi, refaisait surface, immanquablement. Nicole Lapierre mentionne une autre conséquence de la politique pétainiste ; certains fonctionnaires zélés, et auxquels on n'avait rien demandé, s'étaient spécialisés dans la relecture des registres pour voir quel nom juif pouvait se cacher sous certains noms français qui « sentaient » la traduction. L'activité cérébrale de certains, là encore, dépasse notre imagination. Il y a dans la délation (et non la dénonciation, qui est tout autre) un ressort psychologique qui, cumulé à l'antisémitisme légalisé ou non, est extraordinairement puissant. Mon père, conducteur tout autant chevronné qu'acrobatique dans Paris, conspuait facilement, au sens très étymologique du terme. Les noms d'oiseaux s'envolaient des vitres de sa fourgonnette et le « tas de boue ! » fait partie de ceux qui m'ont marquée. L'invective au volant est presque intrinsèque à la pratique automobile, et je le déplore, mais il y a là, semble-t'il, l'expression de la pire humiliation : espérer trainer quelqu'un dans la boue, dans tous les sens de l'expression. Cette « face de boue », on la retrouve dans le *Cahier du retour au pays natal,* d'Aimé Césaire. C'est la même boue que celle du Kapo qui se torche sur le bras de Primo Lévi. De la même façon, ces kapos qui furent, pour certains, lynchés à l'ouverture des camps montrèrent au monde ce qu'il advient de nous quand nous ne sommes plus des êtres humains. Seule reste la bête, qu'elle soit victime ou bourreau. Aurais-je aimé que soient trainés dans la boue ceux qui ont consulté les états-civils, ceux sont venus chercher ma grand-mère et ma tante ? L'image est trop humiliante, insupportable. Ce que toute victime attend, c'est que l'autre réponde de ses actes, qu'il baisse la tête, et qu'il dise qu'il s'est trompé, qu'il ne fallait pas, qu'il n'a pas fait l'homme, comme l'a écrit Michel Quint dans son immense petit roman, *Effroyables jardins*. Reste la question du pardon que je n'arrive pas à expliquer ni à résoudre.

*

Expliquer, c'est déplier le texte pour en trouver le sens, comme on déplie le tissu pour en lisser la trame. Quand il posait les peaux sur la grande table de son atelier, mon père avait un geste rapide et précis. Il les caressait dans un sens, puis l'autre, évaluant leur qualité. La marchandise, la plus souvent originaire d'Espagne, déployait une odeur très particulière. Sa pelleterie fut une dernière du quartier. Ma mère, d'une dextérité hors norme, faisait les doublures de couverture et de manteaux et j'adorais y plonger mon nez. La fin de leur activité, précipitée par la vindicte d'actrices en fin de partie et de journaleux peu déontologiques, s'effilocha comme un bout de schmattès. Entre les peaux de mon père et les tissus que coupaient et cousaient ma mère, il y avait, et il y a encore, les pages des livres que nous aimons tourner. Lorsque je n'eus plus besoin de mes parents pour me rendre dans une librairie, ce lieu devint, outre mes salles de classe, mon nouveau sanctuaire. A l'instar des peaux et des tissus que j'aimais caresser, l'ouverture d'un livre crée toujours un frisson originel rempli de promesses. C'est l'une des raisons pour lesquelles j'ai peu emprunté de livres dans les bibliothèques, à l'exception des ouvrages universitaires où les hiéroglyphes des précédents lecteurs entravaient autant ma lecture qu'ils la raccourcissaient. Mais je ne prête aucunement de caractère sacré à l'objet-livre qui doit porter les traces de notre rencontre, de nos ébats-débats, de notre fusion possible comme celui de l'ennui ou du désintérêt. En marge des libraires, j'affectionne les bouquinistes sur les marchés en plein air : la connaissance de leur étal, la gentillesse qu'ils ont à rechercher le roman de votre jeunesse, un Bernard Clavel en l'occurrence, les liens qui se tissent me comblent au plus haut point. Umberto Eco avait eu cette remarque aussi belle qu'essentielle : « Ce qui est intéressant quand j'entre dans une librairie, ce n'est pas tant de trouver le livre que je venais chercher que de repartir avec celui qui était à côté. » Il en est des livres comme il en est des personnes. Il faut quitter la grande route, se divertir, c'est-à-dire prendre les petits chemins : c'est là que se feront les rencontres les plus inattendues, les plus évidentes, les plus riches.

*

L'humiliation, je l'ai moi aussi vécue, et aussi fait subir. Et c'est encore la guerre qui vient ici s'inviter. Quand la fête des mères consacrait les femmes dans leur rôle hautement domestique (à qui la nouvelle cocotte-minute, le robot électrique, le balai vapeur ?), mon père manifesta son dégoût pour le consumérisme mais expliqua aussi le rejet qu'il avait pour cette fête en particulier. Il nous expliqua ainsi son incrédulité, sa colère d'entendre Pétain porter aux nues les mères de France, quand, à cette même époque, la sienne venait d'être déportée. Outrée du haut de mes douze-treize ans, je décidai de ne pas fêter ma mère, pensant ainsi faire acte de résistance, montrer mon refus du fascisme, que sais-je encore. Dans cet acte que je croyais militant, j'avais totalement occulté la souffrance qu'éprouva ma mère d'avoir été oubliée cette année-là. Bien évidemment, nous fîmes acte de contrition, mon frère et moi, mais on sait que la blessure fut vive et perdura quelques années encore après.

Quand mes fils me font comprendre, avec plus ou moins d'agacement, combien ma nullité en informatique les afflige, je souris intérieurement en pensant aux remarques déplacées que, enfant ingrate et stupide que je fus parfois, j'ai pu dire. Me voilà bien payée de retour ! De la même façon, j'essaie d'amoindrir et de faire taire la colère et le ressentiment qui m'habitent : les expériences de la vie si banales et si cruelles pour bon nombre d'entre-nous m'ont fait hurler à l'oreille d'une gestionnaire qui voulait bloquer un compte bancaire, m'ont fait crier lors d'une réunion pédagogique face à la vacuité d'un corps d'inspection boursouflé et méprisable. Même si il s'agissait moins d' actes d'humiliation que de formes de bêtise caractérisée, je déplore chaque jour l'absence de bienveillance, de sympathie, d'intelligence gratuite et spontanée. J'aime les gens obscènes, ceux qui n'occupent pas le devant de la scène, ces personnes de l'ombre dont on découvre aujourd'hui, enfin, l'utilité première. Le lynchage, je l'ai écrit plus haut, fait basculer l'homme dans sa part d'animalité, grégaire, grossière, insupportable. Seul l'acte épistolaire m'a permis de faire face aux affronts et d'exprimer froidement ce que j'avais à faire entendre. Des instances plus haut placées me donnèrent raison. Je relis souvent *De la Servitude volontaire*, texte précieux écrit par La Boétie alors qu'il n'avait que dix-huit ans.

*

Dix-huit ans, c'était l'âge de ma tante, dont la trace se perdit dans les bois d'Oswiecim. Comme les enfants voleurs de Victor Hugo, elle avait le droit de vivre., elle aurait pu être « *Rose* » qui «*au bois vint avec moi*». Mais cette toute jeune femme a connu le bagne de Drancy. Le départ du convoi 63 eut lieu le 17 décembre 1943 à 12 h 10 de Paris-Bobigny. Une des quatre femmes rescapées, Camille Touboul, a raconté l'horreur : manque d'eau, manque de nourriture, manque d'air, manque de sommeil. Il y a eu les cris, la peur panique durant le voyage, les crises de nerf. Il y a eu sans aucun doute l'odeur de la mort en sortant du wagon, les hurlements mêlés aux aboiements.

Les deux-tiers des femmes ont été immédiatement gazées.

Dans ces espaces blancs de la page, c'est de Rosa dont il s'agit, si jeune, si mature déjà, unique, humaine, humble et humiliée. Comment, dans la boue de décembre, a –t'·on pu l'amener à se dévêtir, à découvrir la nudité de sa mère ? A la peur et la douleur s'est ajoutée la honte, honte d'être, honte de se tenir là, impuissantes l'une face à l'autre, mais l'une tenant la main de l'autre.

*

Partie II

La grande aventure, c'est de voir surgir quelques chose d'inconnu chaque jour, dans le même visage. Ca vaut tous les voyages autour du monde. Tout me dépasse, tout m'étonne. La réalité est trop complexe. Alors, je la copie.

Alberto Giacometti

Avec des moyens techniques et militaires qui sont ceux d'aujourd'hui, l'humanité continue à penser comme au Moyen Age.

Albert Jacquard

L'amputation violente et insoutenable de nos membres familiaux est constitutive de mon histoire et de ce que je suis devenue. Il ne fait aucun doute que mes parents m'ont, par leur parcours respectif semé d'embûches, leur improbable union et avant tout par leur intelligence, rendue plus sensible aux difficultés que nous rencontrons, à l'incohérence et l'impertinence de certains comportements. En outre, est-ce parce que mon oncle arriva avec moins de quarante –huit de retard au 26 de la rue Eugène Sue pour sauver sa mère et sa sœur de la déportation , que mon père ne cesse de dire qu'un coup de fil ne sert qu'à dire l'essentiel, c'est-à-dire le strict nécessaire, le vital, que je vis moi-même dans l'urgence permanente ? Ma mère se plait toujours à raconter que, après une naissance prématurée (déjà dans l'urgence !) et incertaine, je fus un bébé qui jamais, durant sa première année, ne pleura. Nous vivions, je l'ai précisé, à quatre dans vingt m2, au-dessus de l'atelier du sculpteur. La tension était extrême : froidure de l'hiver, maladies infantiles, hospitalisation forcée pour mon frère, ma mère était à bout. Ses quarante –huit kilos ne pouvaient en supporter davantage. Je pense que mes pleurs auraient pu nous conduire dans la Seine, comme elle l'envisageait parfois, étant incapable d'entrevoir une autre porte de sortie. Giacometti, par le biais d'Annette, sa femme, donna l'argent nécessaire pour nous envoyer dans un home d'enfants, en Suisse. Cet homme, au visage si beau, buriné, pétri d'intelligence et d'humanité eut ces mots si célèbres, mais qu'il me plait de livrer à nouveau : « Toute l'histoire de l'art me parait miteuse à côté d'une tête réelle si vivante et si vraie. Mon modèle m'intéresse mille plus que ma peinture. Rien ne vaut l'éclat d'un regard, ni la chaleur d'une main. »

De cet état d'urgence, j'ai gardé un babillage souvent fatigant pour mon entourage, une grande disponibilité aux autres qui m'a conduite, après quelques années de psychothérapie, à émettre cette vérité que je m'efforce de combattre : demandez-moi quelque chose, je m'exécute. En d'autres termes, je me tue. Entre le dire et le faire, l'espace et le temps font, heureusement, leur œuvre. Avec un tel bagage émotionnel, j'aurais pu devenir, comme ma mère, personnel soignant, de façon plus commerciale comme mon père, cheville ouvrière d'un service après-vente ! Mais mon goût précoce pour les histoires et l'objet-livre me conduisit très naturellement à rester sur les bancs de l'école, que je ne quittais que de façon saisonnière pour effectuer des « boulots d'étudiants », au demeurant très formateurs. Les deux étés passés dans un centre hospitalier de banlieue me laissèrent des souvenirs très vifs : laver les couloirs du service ORL, laver le derrière d'un patient impotent d'avoir trop fumé et d'être grignoté par le cancer, laver entièrement, une semaine plus tard, ce même patient mort et le veiller durant deux heures pour s'assurer qu'il ne se réveillerait pas, subir les mesquineries des filles de salle du couloir B qui critiquent celles du couloir A , sans compter les rotations des fameux trois-huit, bref, je connus là encore de forts moments d'humilité et d'humiliation . Est-

il nécessaire   de préciser   quelle tâche je
préférais accomplir ?

*

La petitesse est partout et nul n'y échappe. L'immense chance que ma profession offre est de conjuguer, dans une relative indépendance, maître mot de mon père, l'amour des mots et de la littérature et le plaisir de les transmettre à des lycéens et étudiants qui ont toute mon indulgence et l'exigence, marque première de respect. Et c'est bien cette exigence (et je ne parle pas d'élitisme) qui manque cruellement.

C'est donc le récit d'un autre bout de vie que je veux ici raconter, la mienne en tant qu'enseignante et souhaite, de la complexité du monde, rendre compte. Les évènements qui , de manière virale, remettent aujourd'hui en question le processus de mondialisation auquel nous sommes assujettis, ont permis de faire réentendre des mots tels que « nuance », «pluralité », « prudence », « lenteur ». Gratter le sol des mots pour en retrouver les sens , pénétrer dans la forêt de l'imparfait et du passé simple, dévoiler l'érotisme musical et charnel de la langue française, foutre une bonne fois pour toute la paix aux handicapés de l'orthographe, redonner du sens aux principes de liberté d'expression et de responsabilité, voilà quelques chemins parcourus pour en finir avec les formules lapidaires, la fabrique des préjugés qui conduisent au lynchage et à l'extermination

*

La dimension arachnéenne de nos échanges se déchire et il nous faut repenser le monde, et non plus l'aplatir comme le fait le traditionnel planisphère accroché au fond de la classe ou sur le mur de nos chambres d'enfant. Pour autant, d'aucuns ont pu rêver à d'autres espaces en laissant leur regard glisser d'un continent à l'autre, d'un pôle à l'autre. Mais pourquoi ne pas initier au plus tôt, et davantage (car certains professeurs d'école le font), les élèves à l'histoire de la cartographie et aux différentes projections qui donnent à voir la planète autrement, elle qui, par sa rondeur , est impossible à représenter sur une surface plane, n'en déplaise aux pauvres « platistes » d'outre-manche ! Ainsi donc, même si il est fort utile, voire essentiel de savoir tracer les contours des pays, d'en positionner les fleuves (d'un point de vue politique, on en mesure vite la portée stratégique !), chaque cours de géographie devrait commencer par cette vérité incontournable : toute carte est fausse. Si la projection est cylindrique, les pôles disparaissent quasiment, si la projection est polaire (côté nord), l'Antarctique n'existe plus et l'espace soviétique peut plus aisément mettre ses missiles face aux forces états-uniennes. Projection de Peters ou de Mercator, tout cela est absolument passionnant et révèle, par le jeu des anamorphoses, la variabilité de notre perception du monde. A quand des planisphères qui mettent au centre, non plus L'Europe et l'Afrique, mais l'Est de la Russie, la Mongolie, la Chine et l'Australie dans les manuels français ? A défaut de voyager (car malgré tout, les voyages forment la jeunesse !), on peut facilement s'exercer à voir *autrement*, à ne plus se penser comme le centre du monde. Il m'a fallu une expatriation de presque quatre années au « Pays des hommes intègres », l'ancienne Haute-Volta, l'actuel Burkina Faso, pour comprendre que la petite parisienne que j'étais avait la vue bien courte et une liste de préjugés sans fin. Même si, comme l'a écrit le philosophe Alain, « *nous avons tous été enfant* », nous naissons et sommes formés par les jugements de nos prédécesseurs, il nous appartient ensuite de valider ces idées, ces opinions, de les faire nôtres, ou de les retirer comme on enlève la pelure de l'oignon : comme Candide, il convient de cultiver son jardin, c'est-à-dire ses neurones. En suivant son périple à travers l'Europe, puis, en prenant la chemin maritime de « La route du rhum », les élèves saisissent bien à quel prix on mange du sucre en Europe ou qu'on porte des textiles qui ne dureront qu'une saison et qu'on s'empressera de racheter l'année suivante, sans se soucier des petites mains qui les ont cousus.

Je suis quelque peu fâchée avec les mathématiques modernes, mais je sais combien , à l'instar des cartes, on peut s'emparer les chiffres et leur faire dire à peu près ce que l'on veut . Outre ces manipulations , j'en veux à certains médias (pour tout dire, ceux que le grand public regarde majoritairement) qui n'offrent qu'une perception binaire des évènements, qui recherchent la dramatisation plutôt que l'information, noircissent ou blanchissent et oublient les zones grises, nous font croire à un monde pur et pacifié alors que, par essence, nous ne sommes que croisement, hybridité, impureté. C'est cette hybridation que je veux revisiter par les voies qui me sont chères, celles de la sémantique, de la phonétique et de l'écriture : sème, phonème, graphème, et le mot est formé, jolie balle avec laquelle on va pouvoir « jongler » ! Ainsi le voulait le poète. Francis Ponge a choisi *le parti-pris des choses*, Georges Pérec a préféré l'*infra-ordinaire* à l'extra-ordinaire, l'*endotique* à l'exotique, Charles Juliet retisse la vie maternelle partie trop tôt en *Lambeaux*, comme Christian Bobin qui insuffle un rayon de soleil à celle qu'il nomme *La plus que vive*. Tous ces auteurs ont en commun ce goût des mots et du petit, de l'humilité et de l'altérité. Avec eux, le langage se renouvelle mais aussi notre vision du monde.

*

La fonction poétique est le champ des possibles, ce qui n'est pas le cas de la fonction dite « référentielle » du langage où priment la fluidité et la clarté, exigées pour transmettre un message. Toutefois, clarté n'est pas synonyme d'affaiblissement. Or trop souvent, par ce manque cruel de temps, par mimétisme avec l'adage « le temps c'est de l'argent », certains médias télévisuels sont entrés dans ce que j'appelle « l'ère du zapping et de la cacahuète », et que Christian Bobin a si bien décrit dans l'une de ses nouvelles, *Le Mal* . La télévision est comparée à une reine grasse et omnipotente qui garde nos enfants captifs, nos vieux chétifs et nos prisonniers qui, de leur cellule, n'ont que cette triste fenêtre à regarder. Un petit détour par l'étymologie rappelle que ces deux adjectifs ont la même origine gauloise , *cactos* : parce que l'homme est emprisonné, il devient malingre et faible. Charles Baudelaire en a fait un très bel usage dans son poème en prose, *Le Joujou du pauvre,* qui reste, à mon sens l'un des plus remarquables textes de la littérature française. Le poète voyant et maudit nous invite à nous « divertir », mais non pas au sens commun du terme. Là encore, faisons le lombric et repartons aux origines : il s'agit de nous détourner du droit chemin, d'emprunter les petits routes, de quitter les trottoirs trop plats de peur que nos conversations deviennent aussi indigentes et banales que celles de Charles Bovary. Aussi, il est regrettable de voir que l'enseignement ait emprunté cette voie du « toujours plus vite » : textes caviardés, programme flatteusement botoxé et qui conduit à survoler les textes plutôt que de les savourer. L'important, me dit un jour à l'oreille l'inspection un peu honteuse, c'est de ne pas lasser les élèves. Voilà, tout est dit. Comment s'en sortir quand nos journalistes, très fâchés avec les conjugaisons, emploient l'imparfait à tort et à travers alors que le passé simple s'impose ? Que ces mêmes journalistes ne maîtrisent peu ou plus les terminaisons des passés simples (c'est une suggestion que j'entends parfois de la part de mes élèves), c'est inquiétant. Mais si de surcroit, ils sont incapables d'expliquer les raisons pour lesquelles ils nous servent chaque jour, à la radio, qui déverse, selon Ponge, « *tout le flot de purin de la mélodie mondiale* », ou à la télévision les mêmes tournures verbales à l'imparfait, c'est à hurler « au scandale » ! Venez dans mes classes : en moins d'une heure - pas plus, je le promets ! -, vous comprendrez, à l'aide de modestes croquis – une forêt, un stade de football – ce que signifient « imperfectif » (d'où l'imparfait) et « perfectif » (passé simple). Chaque jour donc, on commémore, on fête, on salue, on loue, on honore, on célèbre - honteusement - à l'imparfait : *Il y a trois cents ans mourait Jean de La Fontaine* (B.O de l'Education Nationale), *il y a deux cent ans naissait Gustave Courbet* (allocution du maire d'Ornans), *il y a une heure , les forces du GIGN pénétraient dans la salle de classe et abattaient le dangereux malfaiteur, Human Bombe* (Charles Pasqua), *il y a trois jours, les Casques bleus mouraient sous les tirs des forces d'Issen Habre* (Charles Hernu), *à la quatre-vingt deuxième minutes, Mbapé marquait le but de la victoire* (L'Equipe) , etc. C'est vrai, « naquit », c'est compliqué à retrouver, mais « mourut », « pénétrèrent », « marqua », cela heurte -t-il au point de déclarer le passé simple oralement moribond ? Bien sûr, les lecteurs actifs connaissent les terminaisons des passés simples mais peu d'entre-nous peut donner une explication autre à cet emploi abusif, et que je juge impropre, de l'imparfait. Parce qu'il ne borne pas l'action dans sa durée exacte, l'imparfait est le temps approprié pour dresser l'arrière-plan, la description des lieux où va se dérouler l'intrigue. Ainsi, pour les pauvres élèves récalcitrants, que la pension Vauquer sent la poussière ! Que de pages à tourner avant qu'il ne se passe quelque chose ! L'aspect perfectif du passé simple vient rompre le temps de la description et présente une action forcément limitée, c'est-à-dire un procès (terme linguistique) dont on connait le début et la fin. Ainsi, même si les douleurs de l'enfantement et celles de l'agonie n'ont que trop duré, Victor Hugo naquit le 7 ventôse an X – 1802- et mourut le 22 mai 1885. Le 9 juillet 2006, à la cent sixième minute. Zidane asséna un coup de tête au thorax de Materazzi et fut expulsé à la cent-septième minute. On rappelle, pour les puristes, qu'on jouait là les prolongations ! L'exemple du football est tout à fait parlant et j'en remercie les rédacteurs du journal préféré des sportifs. La raison pour laquelle la plupart des comptes-rendus de matchs joués la veille se fait à l'imparfait (*il dribblait, il tirait et marquait le but de la victoire),* c'est parce qu'il dramatise, au sens étymologique du terme , donnant ainsi le sentiment au lecteur d'être au cœur de l'action, c'est-à-dire sur le terrain de jeu lui-même. Si je pardonne cette « fantaisie » aux retranscriptions sportives, je suis vraiment scandalisée d'être manipulée lorsqu'il est questions d'informations qui feront l'histoire de demain. Le journaliste est, à l'instar de l'historien, celui qui tend à l'objectivité, la neutralité des faits. Or, seul le passé simple permet la mise à distance, la prise de hauteur. De la même façon, quand je feuillète un hebdomadaire connu pour son « choc des photos »et « le poids des mots », je sais en toute conscience qu'on joue de ma fibre voyeuriste et sentimentale. Je refuse, en revanche, qu'on privilégie les larmes à l'information quand on évoque aussi bien les massacres perpétrés, les accords de paix ou la commémoration de libérations ou de prises d'otages. Et c'est pourtant bien ce qui se joue dans de très nombreuses rédactions qui trouvent sans doute que cela sonne mieux à l'oreille : *Il y a deux mille vingt -quatre, non vingt- six ans , naissait Jésus à Bethléem... euh non, Nazareth* . Trop de doutes et de rumeurs expliquent sans doute tant d'erreurs grammaticales ! J'invite à relire la préface de ce si bel exercice de style que constitue le récit de Georges Pérec, *La Disparition* : sous un déluge de passés simples, le narrateur recense les mille et une façons d'évoquer et de comprendre le fonctionnement des dictatures et autres communautés autoritaristes avec l'humour qui lui est propre : « *Un champion d'aviron grimpa sur un pavois, galvanisant un instant la population. Il fut fait roi illico. On l'invita à choisir un surnom sonnant ; il aurait voulu Attila III ; on lui imposa Fantômas XVIII. Il n'aimait pas. On l'assomma à la main. On nomma Fantômas*

XXIII un couillon à qui l'on offrit un gibus. » La contrainte que s'est imposée Pérec est de n'employer aucun « e », exhumant ainsi des synonymes inattendus et dont la juxtaposition crée des associations plus loufoques les unes que les autres. Mais sous la disparition de la lettre « e », c'est aussi la disparition d' « eux » qu'il faut lire, « eux », les parents de Pérec, enfant que l'histoire a contraint de vivre caché, au point de ne pas avoir de souvenirs d'enfance avant l'âge de sept ans. Sous le rire, la tragédie.
.

Définitivement, même si je ne connais pas la date exacte, Téréza et Rosa Adler moururent, assassinées.

Par qui ? Les forces d'occupation, l'Etat pétainiste, la SNCF, les Sonderkommandos ? On touche là à d'autres limites, mais où la responsabilité de chacun est, peu ou prou, engagée. La victime devient son propre bourreau et celui de ses parents, quelle admirable perversion !

En poursuivant la réflexion sur la complexité des évènements et leur nomination, je me souviens d'une discussion que j'avais eue avec une collègue, historienne de formation. Prenant exemple sur le père de ma mère, j'avais expliqué que ce dernier était mort durant l'opération « Barbarossa », comme soldat de la Wehrmacht et que, d'emblée, mes élèves l'avaient assimilé à un nazi. *Eh bien oui* !, me répliqua l'enseignante, elle -même convaincue de la pertinence de ce rapprochement diabolique. Aïe, aïe, me dis-je, on n'est pas sorti d'affaire. Pour autant, je pense qu'en trente -six ans de carrière, j'ai dû dire quelques bêtises, par ignorance bien sûr, par paresse sûrement de n'être pas allée vérifier mes sources. Je le regrette.

*

Et c'est d'ailleurs l'un des exercices auxquels je me plie avec beaucoup de plaisir et invite, via le téléphone (haro sur cet objet masturbatoire mais parfois si utile !) des élèves et des étudiants à rechercher l'étymologie de tel terme ou l'origine d'une expression ou d'une information. Parce que le tragique ne doit pas monopoliser l'espace de la réflexion, je me permets d'évoquer ici, non sans une part volontaire de gauloiserie, un autre épisode scolaire où la théâtralité a pris toute sa part. Pour mieux appréhender l'épaisseur du personnage de Figaro et la personne même du dramaturge, je proposai qu'on regardât le film pétillant d'Edouard Molinaro, *Beaumarchais l'insolent.* Luchini et Weber s'y partagent des moments de bravoure auxquels mon public presque majeur semblait peu sensible. Au moment où Jacques Weber, duc de Chaulnes, entre avec fracas dans la loge du dramaturge, Fabrice Luchini, Pierre-Augustin Caron de Beaumarchais, tient sur ses genoux une jeune comédienne vêtue d'une simple mais très jolie guêpière. La jeune femme bondit, dévoilant aux spectateurs un postérieur ferme et rondelet. « *Ah, mais c'est de la fornication !*», hurla une élève. Cris, remue-ménage dans la classe, rien de tel pour me faire, à mon tour bondir de ma chaise et jouer la scène du 4. Arès avoir aussitôt stoppé la projection du film, je lançai cette réponse directe, crue et sans appel : *A 11 ans , on regarde, à 15 ans , on embrasse, à 18 ans, on b..... !* Il faut cependant que je précise que j'avais eu les mêmes protestations lors de l'étude de tableaux illustrant le topos de « la femme au bain ». Ma patience s'émoussait chaque jour davantage car il est des thèmes que l'on peut qualifier de « sensibles » depuis quelques années dans nos classes: la théorie de Darwin doit affronter le créationnisme, la nudité et l'érotisme luttent face à la pornographie généralisée et les intégrismes de tous bords, les caricatures et leurs défenseurs sont décapités.

De retour chez moi, je me plongeai, via mes dictionnaires, dans les origines de la fornication. Je pris un grand intérêt à faire part de mes trouvailles face à celles qui jouaient les vierges effarouchées. *Fornix* désigne en latin la voûte. Par ce qu'on appelle une « dérivation métaphorique », en l'occurrence ici la métonymie, l'acte sexuel tarifé vient du lieu où il est pratiqué. Il s'agit plus précisément des chambres voûtées à Rome où les femmes, les « *morues* » de *La Maison Tellier*, pratiquaient les joies de la chair, même si, *« ce n'est pas tous les jours fête. »*, conclut la taulière radieuse.

De la même façon, lors d'une visite de courtoisie que j'effectuais auprès d'un stagiaire, je ris de la séance à laquelle j'assistai. Ce dernier avait choisi un texte d'un auteur réaliste du XIX·ème siècle dont j'ai oublié le nom et qui décrivait les lieux si chers aux poètes maudits, « les brasseries à femmes ». Le jeune collègue tournait autour du pot, cherchant à faire deviner une figure de style sans doute trop compliquée, sans s'inquiéter de savoir si le public avait saisi ce dont il était vraiment question. Lors de notre entretien, je lui suggérai de travailler plus simplement sur le texte lui-même et de demander aux élèves la valeur des prépositions : une brasserie à femmes, est·ce la même chose qu'une brasserie de femmes ? La même opération est tout aussi efficace avec la comédie de Marivaux, *L'île des esclaves.* Afin de détendre l'atmosphère, je lui demandai de me donner la traduction moderne du lieu de tous les dangers, ou de tous les plaisirs au choix ; les joues empourprées, il ne put se résoudre à prononcer la périphrase, un « bar à putes ». On peut ici rappeler que « pute », en ancien français , est le cas sujet qu'il nous reste du latin, et «putain», le cas régime. Avant de partir, je l'invitai à chercher la traduction de l'opéra du grivois et génial Mozart, *Cosi fan tutte !*

Comme Lydie Salvayre le rappelait dans l'une de ses interviews, ne soyons pas avare des mots qui s'offrent à nous, explorons tous les possibles langagiers. A défaut de pouvoir vivre cent vies et mille expériences, nous trouverons des terres inexplorées car, le rappelle Proust à la fin de *La Recherche,* l'art permet de multiplier et de vivre d'autres vies que la nôtre.

Ainsi, des farces médiévales à Rabelais, de La Fontaine à Flaubert, les versions quasi pornographiques et surtout très comiques abondent ; en effet, la littérature regorge de textes savoureux, qu'on dirait « pour adultes » et qui, comme l'écrivit Milan Kundera, sont un énorme éclat de rire de Dieu regardant les hommes. Ce n'est que lors de relectures que j'ai découvert comment, pour son amant Léon, « *Emma découpait, lui mettait les morceaux dans son assiette, en débitant toutes sortes de chatteries* ». La chambre d'hôtel qui abrite leur amour adultérin n'est faite que de « *grosses boules de chenets* » et de formes oblongues qui suggèrent encore et toujours une relation, qui en dépit du romantisme forcené de la jeune femme, va finir dans la routine et l'ennui. Outre cette décoration hautement suggestive qu'il met en scène, Flaubert sait parfaitement user de l'emploi des temps, notamment celui de l'imparfait et dont il connait toutes les valeurs. C'est de là qu'on parle de « l'ironie flaubertienne » : l'épisode du rêve récurrent d'Emma est sans doute le plus succulent et le plus parlant. A l'imparfait de dramatisation qui permet à la jeune femme de planer et de vivre son rêve éveillée se substitue subtilement l'imparfait itératif des ronflements de son mari, la ramenant brutalement à la réalité qui est la sienne : « *Au galop de quatre chevaux, elle était emportée depuis huit jours vers un pays nouveau, d'où ils ne reviendraient plus. Ila allaient, ils allaient, les bras enlacés, sans parler* [...] *Mais l'enfant se mettait à tousser dans son berceau, ou bien Bovary ronflait plus fort.* »

L'auteur peut ici jouer de toutes les variantes, tisser un univers romanesque où le lecteur est partie prenante. Je veux être manipulée, malmenée transportée, transformée par une œuvre. Je reprends à mon compte les termes de Cocteau: « *Je ne crois pas à ce terme à la mode : l'évasion. Je crois en l'invasion. Ce qui est beau, c'être d'être envahi, dérangé, inquiété, obsédé par une œuvre.* »

Il en est ainsi des textes comme des vêtements : il faut soulever le voile, permettre au texte de se révéler ; il faut lire entre les lignes comme on soulève la robe de bure de Rabelais. On découvre un prêtre défroqué, un médecin qui dissèque le corps sans souci que le souffle de l'âme ne s'échappe, un auteur qui se rit de nous qui voulons trouver un sens à l'île du vent dans le *Quart -Livre* (or, il n'y a que du vent !) , un assoiffé de mots et de paroles qu'il faut dégeler, car le plus grand ennemi de la langue, c'est bien la parole qui est morte : celle parfois de la *doxa,* des brèves de comptoir , de certains politiques (j'y crois encore) , des amis, voisins et de moi-même, bien sûr . Il serait trop facile de s'extraire du lot.

*

Ce lot, ce flux grégaire qui nous entraine dans l'amalgame, l'absence de nuance et de relief sont, à mon sens, ce qu'il y a de plus dangereux. De la même façon que nous sommes restés sourds aux lanceurs d'alerte, dans les années soixante, face aux « progrès » qui, aujourd'hui, déstabilisent et menacent directement les équilibres planétaires, la montée des intégrismes repose en partie sur notre incapacité à considérer véritablement la complexité du monde, de nos fonctionnements, et sur notre manque cruel de pédagogie pour rendre ce monde lisible. Lisible ne signifie pas simpliste. Or, tout est là : les mots qui sont joyaux pour le poète -orfèvre, deviennent des pierres brutes et aiguisées qui entaillent les sensibilités, heurtent les esprits dociles. Les mots deviennent des maux, et ces maux tuent.

Après les attentats de janvier 2015, le journaliste, Deifel de Ton, a exprimé tout à la fois sa douleur et son désaccord à l'égard du dessinateur Charb qui, selon lui, a entrainé son équipe dans « la surenchère ». Il ne s'agit pas tant de la provocation qui est la marque de fabrication du journal satirique que la cécité de l'éditorialiste face à un non -lectorat (les intégristes), absolument incapable de décoder les caricatures ni de les contextualiser, que Delfeil de Ton dénonçait. Du moins est-ce ainsi que j'ai voulu le comprendre. Pour quelles raisons, en effet, s'entêter lorsqu'un mur d'incompréhension se dresse devant soi ? Loin de moi de penser que les « têtes pensantes » des groupuscules d'orthodoxies de tous bords soient incultes, bien au contraire. Ils sont les marionnettistes de ces pauvres pantins partis dans une guerre qui est loin d'être sainte et qui deviennent des « bataillons qui croulent en masse dans le feu », pendant que le « Roi les raille », eux qui meurent pour un « Dieu qui rit aux nappes damassées/ Des autels ». Qu'est-ce qui a changé depuis Rimbaud refusant d'être, lui aussi, le pantin d'un Empereur qui s'en allait par le bas ? Si la caricature s'inscrit dans l'histoire et l'esprit français, on sait combien l'implicite, le sous-entendu, le second degré peuvent être difficilement compréhensibles pour certains. Combien d'entre-nous ne visitent-ils pas des expositions sans saisir la dimension pleine des œuvres présentées ? Sans culture religieuse ou mythologique, certains tableaux nous restent en partie obscurs. Nous restons au seuil de l'œuvre, avec comme seul commentaire, « J'aime, je n'aime pas ». Mais les populations croyantes n'ont pu, et ne peuvent se contenter d'un « Je n'apprécie pas les caricatures ». Des étudiants m'ont dit être profondément blessés et j'entends cette souffrance. Mon travail a été de m'entourer de collègues pour tenter d'appréhender cette notion de « liberté d'expression » que j'ai précédemment évoquée. A l'instar du dilemme, ressort de la tragédie, certains posent l'alternative suivante : soit on continue de faire et de publier des caricatures, soit on courbe la tête, on ne diffuse plus, donnant ainsi raison aux intégristes. Je pense qu'il faut plutôt poser la question ainsi : comment résoudre cette tension ? Car si on peut comprendre la souffrance des uns, ceux ˉci doivent saisir ce que recouvre précisément le principe de « liberté d'expression ». Il faut mettre en place, à l'instar d' un décodeur, des moyens qui permettent une meilleure compréhension du message. Quand j'aborde la question des faux -dévots dans les pièces de Molière, j'invite à bien différencier **ce** qui est critiqué de **ceux** qui sont critiqués : est-ce la religion elle-même qui est attaquée ou la pratique de la religion ? Le parti d'extrême droite, du temps de sa gouvernance par le patriarche, a longtemps profité de cette équation inacceptable : la liberté d'expression, c'est le droit de tout dire. S'ensuit le syllogisme imparable pour les plus faibles esprits : nous sommes en démocratie, la démocratie, c'est la liberté d'expression, alors les juifs, les arabes , les noirs, les pédés, tous dehors ! On pourrait dresser une liste à la mode de Pérec et de Benigni : les bigleux, les poissonniers, les pelletiers, les profs, les gilets à pois, les veufs, les meufs, les keufs, etc. On finirait par en rire si l'actualité ne nous rappelait pas tous les dérapages verbaux qui ont conduit à des sorties de route irrattrapables.

Ainsi, les tensions de la fin de l'année 2018, à tous les ronds-points de l'hexagone, ont atteint le paroxysme de l'incompréhension. Il a semblé clair qu'une partie de la France méconnaissait l'autre, celle des personnes en précarité, celles qui jonglent avec les fins de mois, et qui doivent résoudre l'injonction paradoxale : allez travailler pour gagner le minimum, et acceptez de contribuer aux augmentations d'essence qui vont vous étrangler ! Cependant, ce mouvement populaire, insaisissable, à la fois tentaculaire et arachnéen, s'est lui-même discrédité quand les plus virulents, par la dimension grégaire qu'a pris le mouvement, ont voulu lyncher, outre les politiques de tous horizon, les figures montantes qui acceptaient de parlementer avec le pouvoir ; je pense ici à l'aide-soignante, Ingrid Levavasseur, qui dut être exfiltrée d'une manifestation parisienne. J'ai ressenti du dégoût lorsque, assistant à la projection du documentaire *Je veux du soleil !* Dans la salle de cinéma d'art et d'essai de ma ville, un public quelque peu survolté a troublé les premières minutes de la projection. Ce qui fut véritablement choquant, ce furent les différents intervenants qui prirent la parole après le film, essentiellement un meneur célèbre d'un rond-point gardois, chasseur en temps de paix, mais se déclarant volontiers tireur d'élite pour mettre une balle entre les deux yeux du chef de l'Etat. Un frémissement a parcouru le public et l'un des responsables de la salle a rappelé que la peine de mort avait été abolie depuis 1981 et qu'il convenait de rester dans le cadre des lois. Quelques échanges plus tard, malgré ma volonté de mieux saisir la colère des participants, j'ai quitté le cinéma, nauséeuse d'entendre tant d'appels au meurtre et au lynchage. Des amies n'ont pas vécu ce moment comme moi. Je ne sais si mon histoire familiale donne plus d'écho à ces incidents, qui sont autant d'incendies dans mon cœur. Mais il m'a semblé que l'ambiance qui a régné durant ces manifestations populaires et populistes était sûrement très proche de celle qu'ont connue mon père et sa famille durant la guerre.

*

En tant qu'enseignante, je reste donc sensible à la façon dont nous devons transmettre, en l'occurrence, dans ma discipline le fonctionnement de la langue. Encore faut-il être sûr de ce que l'on avance. Très récemment, au hasard d'une balade en ville, et suivant la définition du « divertissement » baudelairien, j'entrai chez un bouquiniste qui , du fait du nombre de bibliothèques où s'agrègent des ouvrages rares, anciens, précieux, à manipuler avec tact, respecte à la lettre les principes de précaution et des gestes barrières et ne peut accueillir qu'un client à la fois. C'est ainsi que je découvris avec bonheur un recueil de nouvelles de Marguerite Yourcenar que mon père ne possédait pas , une ixième histoire du judaïsme qui viendrait compléter la longue liste d'ouvrages qu'il a pu lire sur le sujet et un essai d'Albert Jacquard, *Voici le temps du monde fini,* que je gardai pour moi . La quatrième de couverture me conforta dans la possibilité que je puisse entrer et saisir les réflexions du généticien. Néanmoins, je dus vite reprendre l'un des « droits imprescriptibles » établis par Daniel Pennac : le droit de sauter des pages ! Les considérations physiques agrémentées d'équations devinrent rapidement similaires à des hiéroglyphes et je continuai ma lecture *à saut et à gambade*. Le chapitre sous-titré « *De l'addition* ... » retint d'emblée mon attention puisque le scientifique rappelait ce principe essentiel : « Etre rigoureux, c'est d'abord essayer de proprement définir le sens des termes que l'on emploie ». Il débute ce chapitre ainsi : « De toutes les erreurs enseignées par l'école, la plus désastreuse est sans doute la phrase si souvent présentée comme le prototype des vérités premières : « Deux et deux font quatre, et quatre et quatre font huit » Apparemment, il s'agit de mathématiques élémentaires ; pourtant, aucun mathématicien ne peut accepter une telle affirmation. »La polysémie de la conjonction de coordination rend ambiguë l'interaction des deux termes mis en présence, qui peut signifier l'addition, la multiplication, la juxtaposition et la puissance. L'emploi de la conjonction « et » au détriment de l'adverbe « plus » est déjà présent dans le *Dom*

Juan de Molière ; dans la scène très comique qui ouvre l'acte III, Sganarelle tente vainement de convertir son maître aux vertus de la médecine et à un comportement plus sage. Dom Juan, impie, mécréant (mais qui donne un sou d'or pour l'amour de l'humanité au mendiant !) lui répond : « Je crois que deux et deux sont quatre, Sganarelle, et que quatre et quatre sont huit. » Là encore, l'étude de cette tragi-comédie, permet d'appréhender la délicate frontière entre le religieux et l'acte religieux. Dans la scène dite « du Pauvre », Dom Juan fustige les faux-dévots et son appel au blasphème adressé au pauvre a valu la suppression d'une grande partie de cette scène au XVII ème siècle, Mon oncle me rappela que François Mauriac, dans un article paru dans le *Figaro* demandât que la mise en scène présentée à Avignon par Louis Jouvet fût expurgée de la scène 1 qui ouvre l'Acte III et qui est pourtant , en bien des points , essentielle . Sur la toile, je trouvai, au travers d'une étude de la pièce, la remarque suivante de Jean-Paul Brighelli : « Dans quel monde vivons-nous pour qu'une transgression du XVIIème siècle qui se résolvait en acte d'humanité soit encore vécue, au XXIème, comme un blasphème susceptible d'excuser des actes de barbarie? Et si cela continue à choquer les élèves, ma foi, tant pis ou tant mieux. L'enseignement ne se nourrit pas d'eau tiède. » J'ajouterai tristement que l'enseignement ne doit pas non plus conduire à la décapitation. A nous de réfléchir, comme Dom Juan à la croisée des chemins, à la voie, aux voies qu'il faut prendre pour faire entendre la polysémie de cette pièce et du monde qui nous entoure. Sinon, c'est accepter une fois encore de plonger dans la boue de l'amalgame qui conduit à l'humiliation.

*

De façon très banale, j'ai connu le monde de la justice par le fait d'une séparation. La procédure bien longue a été ponctuée d'actes divers et, immanquablement, j'ai dû réitérer à l'oreille de l'avocate : « Veuillez m'excuser, mais pouvez-vous me dire plus clairement ce que cela signifie ? J'ai besoin d'une traduction, vous comprenez, c"est une première fois, je suis désolée... ». Par déformation linguistique, j'ai ressenti un violent coup au cœur lorsque la partie adverse, dans son jargon habituel, m'assigna le jugement : « Me A. sera déboutée... »Tout l'acte était rédigé aux futurs simple et antérieur de l'indicatif, ne laissant aucune place à une plaidoirie possible, la mise en balance de mes arguments. C'est ainsi que je le reçus. J'avais tort, heureusement, mais la formulation juridique ne connait pas la modalisation, c'est-à-dire l'expression du doute, ni de la nuance. Est-il si difficile de rédiger ainsi : la partie adversaire demande que Me A soit déboutée... » ? Dans les classifications (moi aussi, je sais être binaire !) que j'établis parfois au gré de mes expériences, il y a l'opposition entre les gens qui veulent et ceux qui voudraient. Aux premiers, le profil du battant, du conquérant, et peut-être de celui qui écrase, aux seconds, on compte les modestes, les gentils, pour ne pas dire les loosers. Il y a donc ceux qui vivent plutôt à l'indicatif quand d'autres préfèrent le conditionnel. Evidemment, la voie moyenne, la *mediocritas* s'impose , et là encore, il conviendrait de mieux expliquer aux élèves les distinctions faites entre les valeurs temporelles, aspectuelles et modales des temps et de certains verbes. Une telle réflexion permettrait, outre le fait d'employer correctement et à bon escient les conjugaisons, de savoir se positionner dans la vie. A l'instar de personnes qui ont du mal avec la chronologie (on le voit très bien dans les rapports de causalité et de conséquence souvent mal maîtrisés par les élèves), il en existe aussi qui éprouvent des difficultés à trouver des repères dans l'espace. C'est ainsi que, depuis de nombreuses années, je milite pour que l'enseignement de l'éducation civique soit épaulé par une approche de l'art théâtral. Chaque élève n'a nullement besoin qu'on lui assène chaque année le b.a.ba du savoir « vivre ensemble ». Cracher sur son voisin, l'insulter de tous les noms de la création, voler sa calculette, pourrir sa mère, son frère et sa sœur, le menacer ou le harceler (mais je ne remets aucunement les campagnes d'informations à ce sujet !), tout cela est su de tout le monde : c'est absolument interdit. Mais faites jouer le règlement intérieur sur un espace scénique, la compréhension des règles de vie commune sera sans nul doute plus rapide et visible. Quelle meilleure école que celle du théâtre où l'on apprend à poser son corps et sa voix ? A qui dois –je adresser mon texte ? Suis-je bien positionné sur scène pour qu'on puisse le capter, le comprendre ? Où se trouve l'autre acteur ? A-t-il fini de dire sa réplique ? Le théâtre est l'école de l'écoute, de la mémoire, de la souplesse, du temps, de la patience, de l'endurance et de l'altérité. Pour reprendre appui sur notre scène du pauvre, il suffit de faire jouer les dernières répliques des acteurs. Molière n'a donné qu'une seule didascalie, à l'ouverture de la pièce, laissant la mise en scène encore plus libre. Ainsi, lorsque Dom Juan veut donner le louis d'or au pauvre, « Va, va, je te le donne pour l'amour de l'humanité. », lui donne –t‑il la pièce d'égal à l'égal, face à face, en lui tendant la main ? La lui jette‑t‑il négligemment, obligeant le pauvre à la ramasser, comme le mit en scène Louis Jouvet, et continuant ainsi à l'humilier ? Ou, comme a choisi de l'interpréter Daniel Mesguich, en se mettant à genoux devant le pauvre, faisant alors acte d'humilité ?

Dans les nouvelles directives ministérielles, l'oral, et la lecture en classe de première, ont pris une place plus significative. Cela justifie que je fasse venir une comédienne dans mes classes auxquelles celle‑ci redonne le goût de lire : un va‑et‑vient s'opère entre lecture silencieuse et lecture orale, pour dégager autant le sens du texte que l'interprétation que l'on peut en donner. Quelle joie d'entendre une élève s'exclamer : « Ah, j'ai enfin compris le texte ! ». Evidemment, j'ai pensé en mon for intérieur que l'écoute, lors de mon cours, n'avait pas été exceptionnelle, mais je mesure combien la présence de l'artiste amplifie la compréhension du texte et insuffle le plaisir de dire, d'être

écouté et de prendre ces mots, « mis en bouche »
, pour des mets que l'on savoure.

Il y a une trentaine d'année, j'ai eu la chance de
rencontrer à la Maison de la Poésie à Paris
Daniel Pennac, ancien enseignant, dont l'essai,
« Comme un roman », fut accueilli
chaleureusement (de façon plus dubitative par
les profanes, qui le jugeaient démagogique).
Enfin, une voix parlait haut et fort du plaisir de
lire et donnait ses recettes pour amener
doucement et efficacement les élèves à
fréquenter les cabinets de lecture, les plus
prosaïques comme les plus confortables ! Je lui
demandai si il donnait aussi à ses élèves « le
droit de ne pas écrire ». C'était une boutade,
puisque nous savions que l'épreuve écrite reste
incontournable. Ainsi, m'inspirant de ses
méthodes, j'amenai dernièrement les plus
récalcitrants à m'expliquer le plus longuement
possible, avec le plus grand nombre de
métaphores (la colère et le dégoût sont propices
à générer beaucoup d'images) les raisons de leur
désamour pour la lecture, les livres, les mots.
Ce fut magnifique : un vrai feu d'artifices de
figures de style qu'applaudit la classe : « La

texture des pages me perturbe et tous ces milliers de tout petits mots entassés me donnent un sentiment d'infini (...) La bibliothèque est un endroit d'ennui continu, c'est un silence qui ne finit jamais », écrivit Sam. Alenda, pour sa part, expliqua se sentir véritablement agressé : « En ouvrant le livre...ce sont des mots de partout ! Des phrases qui ne se terminent jamais ! Quand je me retrouve face à un livre et que je découvre la première page, c'est comme si un trou noir de mots m'engloutissait, m'absorbait pour toujours ! Un livre a pour but de divertir, moi, il me terrifie. »

Finalement, mes non- lecteurs furent flattés d'entendre au travers des mots qu'ils avaient choisis, la douleur de leurs maux. Et, avec un peu de chance, l'un d'entre-eux, que je pourrai un jour recroiser, me confiera, comme ce fut le cas il y a quelques années : « Vous savez, j'ai compris le sens et la valeur des romans que nous avons lus et étudiés l'année du bac. »Je crois qu'il n'y a pas plus belle satisfaction pour un enseignant que d'entendre de telles paroles. Pour les romans, il s'agissait d'*Effroyables jardins* de Michel Quint , dont j'ai parlé précédemment, et du *Quatrième mur* de Sorj Chalendon. J'ai pu m'entretenir avec ce dernier lors d'une rencontre organisée par ma libraire. Il nous offrit ce soir –là une confession vibrante, passionnante : tout le monde finit la larme au cœur ou au coin de l'œil. Je demandai à l'auteur s'il pourrait un jour retranscrire, sous la forme d'un roman ou d'un essai, les journées qu'il avait vécues lors du procès de Klaus Barbie à Lyon. Il me répondit que cela lui était impossible. Quatre ans plus tard, Sorj Chalendon finit par publier un récit où s'entremêlent petite et grande histoires. Et plus que les mots prononcés, que je connais presque par cœur tant j'ai visionné les cassettes du procès, c'est le silence qui a pu régner sur la cour durant ces semaines d'audience qui m'interpelle. Il fallait, écrit le romancier, que la parole des victimes soit accueillie dans un écrin d'écoute. Merci d'avoir écrit ce silence.

*

Cette écriture qui paralyse tant de gens se doit d'être désacralisée, dans le bon sens du terme. J'entends de loin les cris d'orfraie des pauvres défenseurs de la sacro-sainte orthographe. La fameuse « dictée de Pivot » a amusé durant quelques années les cruciverbistes et amateurs en tous genres, elle a aussi condamné un certain nombre de personnes- parce que celles-ci ne sont pas « tombées dans le chaudron de l'orthographe » - au plus grand désespoir. Quoi, égratigner les mots de la « belle langue française » ! Lorsque j'enseignais au lycée français de Ouagadougou, le conseiller culturel de l'ambassade, qui représentait le corps enseignant à l'étranger (se prenant alors pour un recteur d'Académie), nous fit part d'un concours lancé par l'A.E.F.E (Agence de l'enseignement du français à l'étranger). Afin de promouvoir la francophonie, nos têtes blondes et brunes devaient défendre la langue de la mère-patrie ou occupante en démontrant que celle-ci était « belle ». Je pense sincèrement que peu de gens sont capables de donner les caractéristiques de la langue, que ce soit d'un point de vue phonétique, graphique et sémantique. En outre, il faudrait s'accorder sur le sens de l'adjectif : en quoi une langue peut-elle se déclarer plus belle qu'une autre ? La même discussion est aussi fréquente sur les accents régionaux: d'aucuns s'écharpent sur le « bon » accent. Voilà de quoi encore animer quelques brèves de comptoir ! Quant à notre orthographe qui semble rallier un grand nombre de puristes, il serait là aussi grand temps de savoir de quoi il retourne. Le terme a pris la couleur d'un générique pharmaceutique sous lequel on retrouve pêle-mêle la syntaxe, la grammaire, la conjugaison, le lexique et...l'orthographe ! Je laisse le soin à chacun de faire son *quinté* et de classer ces cinq domaines selon leur degré d'importance pour la compréhension correcte d'un énoncé. Mais qu'il me soit permis ici de crier : « Foutez la paix aux gamins, avec cette orthographe ! ». Qui peut leur expliquer les raisons pour lesquelles « cheval » devient « chevaux » au pluriel ? Pourquoi « tiendront » l'a emporté sur « teniront », et « mourras » sur « mouriras » ? Les fautes des enfants ne sont pas aussi stupides qu'on ne le pense. Les phénomènes d'altération phonétiques, de doublons graphiques, de croisements sémantiques, voilà de belles explications que l'on pourrait dispenser, si le temps nous en était laissé. Devant mon inaptitude à résoudre des équations mathématiques, j'ai très vite saisi la réelle souffrance, mais le peu d'intérêt aussi, d'élèves qu'on qualifie aujourd'hui de dysorthographiques, dyslexiques, dys- dys- dys, dit —on parfois avec un léger sourire. Heureusement, les neuroscientifiques se penchent sur ces questions linguistiques qui pourraient expliquer les raisons pour lesquelles la mémoire n'imprime pas, ou à l'envers, l'orthographe.

L'excellente *Fabrique de littérature* éditée chez Magnard il y a plusieurs années a fait état des querelles passionnées que suscite la question de l'orthographe qualifiée de « région sensible de la langue ». Ainsi, Roland Barthes, dans un article intitulé « Accordons la liberté de tracer », et paru dans *Le Monde l'éducation* en 1976, rappelle qu'outre « l'effet discriminatoire » de ne pas connaître la norme, ne pas respecter cette norme constituerait, selon lui, « une pratique positive d'expression ». En effet, en s'affranchissant des conventions, « la physionomie écrite du mot pourrait acquérir une valeur proprement poétique , dans la mesure où elle surgirait de la fantasmagorie du scripteur , et non d'une loi uniforme et réductrice ; que l'on songe à la sorte d'ivresse , de jubilation baroque, qui éclate à travers les « aberrations » orthographiques des anciens manuscrits, des textes d'enfants et des lettres d'étrangers : ne dirait-on pas que dans ces efflorescences, le sujet cherche sa liberté : de tracer, de rêver, de se souvenir, d'entendre ? » Il suffit de voir le nombre d'enfants qui portent des prénoms modifiés(Le *y* remplace le *i* , le *c* se double d'un *k,* les *h* fleurissent dans le prénom *Anna* , devant, au milieu , à la fin) , ou mieux encore, des prénoms inventés (*Iloé, Xuly*) permettent de mesurer ce besoin d'inventivité.

Michel Tournier faisait part de son amour pour l'accent circonflexe dont il disait que « c'est une espèce d'hirondelle à l'envers un oiseau qui volerait sur la page ». A cet égard, dans l'étude des textes que nous soumettons aux élèves, on souligne combien l'écriture est d'abord un graphème, un dessin sur la page. Outre les calligrammes, les espaces blancs, sur les pages poétiques, sont des souffles, des silences, des non-dits. Dans le film de Steven Spielberg, « La liste de Schindler », le comptable Itzhak Stern, dresse la feuille des mille deux cents noms qu'il a frappés, bien alignés et dit : « Tout autour de cette liste de noms, le blanc qui l'entoure, c'est la vie. » Sont-ce vraiment les mots que prononça le déporté, rescapé des camps et de la mort ? Qu'importe ! C'est une interprétation qui me touche et rappelle que les mots peuvent signifier *l'insoutenable légèreté de l'être.* J'ai eu la très grande chance de rencontrer et d'assister au séminaire que Milan Kundera donna durant un peu moins de deux ans à l'Ecole pratique des hautes études de Paris. Son exigence à l'égard des traductions (avant qu'il ne les fasse lui-même) était forte et je le mis très en colère lorsque je l'interrogeai sur un segment précis d'une phrase, manifestement, mal traduite. Il fut, en revanche, plus à l'écoute de l'explication grammaticale que je lui donnai sur les valeurs épithétique et attributive de l'adjectif en français, dans le titre du roman mentionné précédemment. Cet immense écrivain possède une maîtrise de la langue française exceptionnelle, comme on peut parfois le remarquer chez des personnes étrangères, comme il le fut lui-même.

Pour avoir donné des cours à l'Alliance française, les méthodes de F.L.E (Français langue étrangère) m'ont aussi servi auprès de publics en difficulté. Envisager sa langue maternelle comme une langue étrangère est un détour qui peut s'avérer tout à fait fructueux.

La langue est donc, comme disait le romancier, une « région », qu'il convient de parcourir, d'arpenter dirait Kafka, de labourer, disait René Char. Chaque jour, des mots disparaissent des dictionnaires, d'autres émergent de la rue, des nouvelles technologies, de l'inventivité des politiques et des journalistes. Il serait bien que celui de cet élève trouve sa place : *révolution.*

*

Mon schmattès, né du Yiddischland et de la région du Brandebourg, s'est inspiré du roman de l'indien, Rohanton Mistry. *L'équilibre du monde* est une magistrale évocation d'un pays stratifié, déchiré, coloré, à l'image du patchwork qui se coud tout au long du récit. La puissance des mots, qui sont autant de petits bouts de tissu brodés ensemble, fait naître ce monde qui tient sur un fil, qui, si ténu soit-il , dit que nous respirons encore.

*

Remerciements

A mes parents, pour leur intelligence et leur bonté coruscantes

A mon frère, grand et unique, pour sa fraternité sans faille.